우먼 인 블랙

THE WOMAN IN BLACK
by Susan Hill

이 도서의 국립중앙도서관 출판시도서목록(CIP)은
e-CIP 홈페이지(http://www.nl.go.kr/ecip)와
국가자료공동목록시스템(http://www.nl.go.kr/kolisnet)에서 이용하실 수 있습니다.
(CIP제어번호: CIP2012000498)

The Woman in Black

우먼 인 블랙

수전 힐 장편소설 | 김시현 옮김

문학동네

팻과 찰스 가드너에게

이 책을 바칩니다

차례

1 크리스마스이브 _009

2 안개에 휩싸인 런던 _030

3 북쪽으로의 여행 _042

4 드래블로 부인의 장례식 _050

5 습지를 건너다 _073

6 조랑말과 마차 소리 _091

7 두려움에 떠는 제롬 씨 _107

8 스파이더 _120

9 아이 방 _131

10 휘파람을 불어요, 그대에게 달려갈지니 _159

11 편지 꾸러미 _172

12 검은 옷을 입은 여인 _201

1
크리스마스이브

크리스마스이브 9시 30분이었다. 식당에서 크리스마스의 첫 만찬을 화기애애하게 즐기고 응접실 벽난로 앞에 모여 있는 가족들에게 가다가 나는 멍크스 피스 저택의 긴 복도에 우뚝 멈춰 섰다. 그러고는 현관으로 가 문을 열고 밖으로 나갔다. 저녁 무렵의 습관 같은 것이었다.

나는 밤바람을 쐬며 대기에 섞인 냄새를 맡는 걸 좋아한다. 한여름의 향기롭고 훈훈한 꽃향기든, 가을의 톡 쏘는 모닥불과 부엽토 내음이든, 서리와 눈의 아릿한 한기든. 별과 달이 떠 있든 칠흑 같은 어둠뿐이든 머리 위의 하늘을 둘러보고, 바로 눈앞의 암흑을 응시하기를 좋아한다. 높아졌다 낮아지는 바람의 신음에 섞인 야행성동물의 울음소리, 과수원 나무에 후드득 떨어지는 빗소리를 듣는 것도 좋아한다. 강이 흐르는 골짜기 주위의 평평한 초지에서부터 비탈을 기어올라 나를 향해 달음질쳐오는 바람을 맞는 것도 좋아한다.

그날 밤은 대기를 들이마시자마자 다행히 날씨의 변화가 느껴졌다. 지난주 내내 차가운 비와, 집과 들판을 낮게 휘감은 안개에 시달려야 했다. 창밖을 내다보아도 1, 2미터 안쪽의 정원만 겨우 보일 뿐이었다. 햇볕이라고는 들지 않는데다 몹시 춥기까지 한 고약한 날씨였다. 산책을 해도 전혀 즐겁지 않았다. 시야가 형편없어 사냥을 할 수도 없었고 개들은 언제 봐도 진흙투성이에 의기소침했다. 집 안에는 낮에도 내내 램프를 켜두어야 했다. 식품저장실과 별채와 지하실 벽은 습한데다 시큼한 냄새까지 풍겼고, 불을 지펴도 타닥대는 소리에 연기만 날 뿐 불꽃은 형편없이 기어들었다.

오래전부터 나는 지나치리만큼 날씨에 기분이 좌지우지된다. 집 안 다른 곳에서 생기가 넘치지 않았더라면 우울증과 무기력증에 빠져 내 뜻대로 생의 기쁨을 만끽하지 못하고 병약한 감수성에 시달렸으리라. 하지만 에즈메는 궂은 날씨가 아무리 괴롭혀대도 오히려 기운차게 반격한다. 덕분에 올해 크리스마스는 여느 때보다 더 열성적으로 성대하게 준비했다.

나는 저택이 드리우는 그림자에서 한두 발짝 걸어나와 달빛에 물든 주위를 둘러보았다. 멍크스 피스는 자그마한 니 강이 북에서 남으로 가로질러 굽이굽이 흐르는 교외의 비옥하고 아늑한 땅에서 120미터쯤 완만하게 솟은 언덕의 정상에 서 있다. 저택 아래쪽 초지에는 군데군데 갖가지 활엽수가 무리지어 있다. 하지만 뒤쪽은 수제곱킬로미터에 걸쳐 히스와 거친 관목만이 자라고 있어 전혀 다른 풍경이 펼쳐진다. 잘 정리된 경작지 한가운데 야생의 땅이 버티고 있는 셈이다. 우리 집은 제법 큰 마을에서 겨우 3킬로미터, 시장이 서는 읍까지는 11킬로미터 떨어져 있다. 그래도 한적한 외딴곳이라는 분위기가 풍겨 문명에서 벗어난 기분이 든다.

내가 처음 멍크스 피스를 본 것은 벤틀리 씨와 마차를 타고 교외로 나갔던 어느 한여름 오후였다. 벤틀리 씨는 과거 나의 고용주였는데, 그 무렵 나는 젊은 시절 수습 생활부터 시작한 그의 로펌에서 파트너로 승진했다(사실상 나는 평생을 그 회사에서 일했다). 당시 벤틀리 씨는 책임의 고삐를 서서히 내 손에 넘겨줄 마음을 품을 만한 연배였다. 여든두 살에 숨을 거두기까지 일주일에 적어도 한 번은 런던의 사무실로 출근했지만, 그는 점점 시골 사람이 되어갔다. 사냥이나 낚시에는 전혀 취미가 없었으나 지역 치안판사와 교구위원 역할을 기꺼이 맡았으며, 이런저런 지역과 사람과 교구와 위원회를 좌지우지하는 데 푹 빠져 있었다. 나는 긴 세월을 기다려 마침내 파트너로 승진했을 때 마음이 놓이고 기뻤지만, 동시에 내가 그 자리에 오를 만하다고도 생각했다. 단조롭고 고된 일은 할 만큼 한데다, 로펌의 미래를 정하는 부담스러운 책임을 상당량 짊어지면서도 내가 생각하기에 보상은 충분하지 못했었다. 적어도 지위만큼은.

그리하여 어느 일요일 오후, 나는 벤틀리 씨 곁에 앉아 높다란 산사나무 산울타리 너머 나른한 초록의 시골 풍경을 즐기고 있었다. 벤틀리 씨가 조랑말을 느긋하게 몰아 향하는 곳은 그의 집이었다. 다소 보기 싫고 지나치게 웅장한 대저택이었다. 나는 편안히 앉아 아무것도 하지 않는 대단히 드문 경험을 만끽하고 있었다. 런던에서는 수채화를 수집하거나 서재에서 보내는 약간의 여유 시간을 제외하면 정신없이 일만 했다. 당시 나는 서른다섯 살이었고, 십이 년째 홀아비 신세였다. 사교 생활에는 취미가 없었고, 몸은 건강했지만 앞으로 밝히려는 사연으로 인해 이따금 신경성 질환에 시달렸다. 사실 나는 나이에 비해 빨리 늙어가고 있었다. 침울하고 창백한 안색에 무덤덤한 표정이 굼뜬 개나 다름없었다.

내가 고요하고 향긋한 날씨에 대해 말하자, 벤틀리 씨는 나를 힐끗 보더니 대꾸했다. "자네도 이쪽에 집을 하나 마련하지그래? 작고 예쁜 시골집으로 말이야. 저기 어때?" 그의 채찍이 가리킨 곳에는 강굽이에 아늑하게 자리잡은 작은 마을의 새하얀 벽들이 오후 햇볕을 쬐고 있었다. "금요일 오후면 도시를 벗어나 산책도 하고 신선한 공기도 잔뜩 마시고 맛 좋은 계란과 크림으로 온몸을 채우는 거야."

매력적인 제안이었지만 나와는 상관없는 일인 것만 같았다. 나는 그저 빙그레 웃고는, 풀과 야생화의 따스한 내음이 밴 공기를 들이마시고 조랑말 발굽에 채어 피어오르는 먼지를 바라보는 사이에 그 이야기를 잊었다. 완벽한 비율의 기다란 석조 주택으로 이어지는 길에 이르기 전까지는. 강이 곡선을 그리며 흐르는 골짜기 전체가 내려다보이고 저 멀리 수킬로미터나 이어진 남보랏빛 구릉지가 보이는 언덕 위에 집이 자리하고 있었다.

그 순간 나는 정확히 표현할 수 없는 무엇인가에 사로잡혔다. 감정이라고 해야 할까, 열망이라고 해야 할까. 아니, 나를 휘감은 것은 어떤 지각이자 단순한 확실성이었다. 그것이 너무도 분명하고 강렬해서 나도 모르게 벤틀리 씨에게 멈추라고 소리를 질렀다. 그러고는 조랑말이 채 멈추기도 전에 마차에서 뛰어내려 우선 풀이 무성한 둔덕에 서서 그 집을 올려다보았다. 멋진 건물인데다 위치도 완벽했고, 크지는 않아도 당당한 자태였다. 이어서 나는 집 너머의 풍광을 살폈다. 예전에 와본 듯하다는 느낌은 들지 않았지만, 다시 오게 될 것이고, 이 집은 이미 내 것이고, 보이지 않게 나와 연결되어 있다는 절대적 확신이 들었다.

집 한쪽 옆으로는 비탈 사이로 흐르는 개울이 굽이굽이 목초지를 지나 강과 하나가 되었다.

벤틀리 씨는 마차에서 호기심 어린 표정으로 나를 바라보고 있었다. "멋진 곳이로군." 그가 소리쳤다.

나는 고개를 끄덕였지만 강렬한 감정을 제대로 전할 엄두가 나지 않아 몸을 돌려 비탈을 몇 미터 올라갔다. 집 뒤쪽으로 풀이 제멋대로 자란 오래된 과수원의 입구가 보였다. 과수원 끝은 웃자란 풀과 얽히고설킨 덤불로 경계가 모호했고, 그 너머로는 탁 트인 황야가 힐긋 보였다. 앞서 말한 확신이 여전히 나를 휘감고 있었다. 지금도 생생히 기억하건대 무척 놀라웠다. 나는 결코 상상력이 풍부하거나 환상에 사로잡히는 사람이 아니었고, 더욱이 미래에 대한 예지는 말할 것도 없었다. 게다가 나는 젊은 시절의 경험 때문에 조금이라도 비물질적인 문제에 관해서는 그 어떤 생각도 의도적으로 피했고, 눈에 뚜렷이 보이는 평범한 것들에만 매달려왔다.

그럼에도 언제인지는 몰라도 조만간 이 집이 내 것이 되고 내가 이 집의 주인이 되리라는 믿음을, 아니 더 정확히는 확고한 지각을 떨쳐낼 수가 없었다. 마침내 이를 받아들이고 인정하자 즉각 깊은 평화와 만족감이 스며들었다. 오랫동안 느끼지 못했던 감정이었다. 나는 가벼워진 마음으로 마차로 돌아갔다. 나를 기다리는 벤틀리 씨의 표정에는 단순한 호기심 이상의 감정이 어려 있었다.

내가 멍크스 피스에서 경험한 압도적 감정은 그날 오후 런던으로 떠날 때까지도 계속 마음 한복판은 아니지만 어느 한구석에 남아 있었다. 나는 그 집이 매물로 나왔다는 소식을 들으면 바로 알려달라고 벤틀리 씨에게 부탁해두었다.

몇 년 후 그가 소식을 전해주었다. 나는 바로 그날 몇 시간 만에, 다시 집을 살펴볼 것도 없이 부동산 중개업자에게 연락해 구매 의사를 밝혔고, 거래는 순조롭게 성사되었다. 이보다 몇 달 앞서 에즈메 에인리를 만났다. 우리의 애틋한 감정은 꾸준히 커지고 있었지만, 사적인 감정의 문제에서 유독 우유부단한 나는 우리의 미래에 대해 여전히 침묵을 지키고 있었다. 하지만 멍크스 피스 소식이 좋은 징조라는 것을 알 만한 지각은 있었다. 집의 공식적인 주인이 되고 일주일 후 나는 에즈메와 그곳으로 여행을 가서는 오래된 과수원의 나무 사이에서 청혼을 했다. 이 역시 순조롭게 승낙을 받았다. 얼마 후 우리는 식을 올렸고 바로 멍크스 피스로 이사했다. 그날 나는 과거의 사건이 드리운 기나긴 그림자에서 마침내 벗어났다고 진심으로 믿었고, 벤틀리 씨의 표정과 따뜻한 악수로 그도 그렇게 믿는다는 것을 알 수 있었다. 그의 어깨를 짓누르던 짐이 사라진 것이다. 그는 그 일에 대해 얼마만큼은 자기도 책임이 있다며 늘 자책했다. 애초에 나를 크라이신 기퍼드의 일 마시 하우스와 드래블로 부인의 장례식에 보낸 사람이 바로 그였기 때문이다.

하지만 현관에 서서 밤공기를 들이마시던 크리스마스이브엔 적어도 내 의식에서는 그 일이 전혀 떠오르지 않았다. 지금까지 십사 년간 멍크스 피스는 가장 행복한 집이 되어주었다. 나의 집이자 에즈메의 집이며, 그녀가 에인리 대위와의 첫 결혼에서 얻은 네 자녀의 집. 처음에는 주말과 휴일에만 이곳을 찾았는데, 집을 구입한 바로 그날부터 런던 생활과 변호사 업무가 점점 짜증스럽게 느껴졌고, 그래서 기회가 왔을 때 재빨리 은퇴를 하고 이곳에 정착하자 참으로 기뻤다.

그리고 이번에 크리스마스를 맞아 온 가족이 이 행복의 집에 다시 모였다. 나는 문득 현관문을 열고 응접실에서 들려오는 그들의 목소리가 듣고 싶어졌다. 그런데 별안간 아내가 감기에 걸리겠다며 어서 들어오라고 성화를 해댔다. 확실히 몹시 추웠고, 주위가 마침내 또렷이 보였다. 밤하늘엔 성에와 같은 후광을 두른 보름달과 별들이 총총했다. 지난 한 주를 점령했던 습기와 안개는 도둑처럼 밤 속으로 사라져 오솔길과 석벽이 파리하게 반짝였고, 내 입김이 대기에 하얗게 피어올랐다.

다락방 침실에는 이소벨의 꼬맹이 아들 셋—에즈메의 손자들—이 침대 기둥에 양말을 걸어놓고 잠들어 있었다. 다음 날 아이들을 위해 눈이 내리지는 않겠지만 적어도 유쾌하고 활기찬 크리스마스가 될 터였다.

그날 밤의 대기에는 내 어린 시절의 기억에서부터 떠오르는 뭔가가 있었다. 게다가 꼬맹이들의 영향까지 더해져 나 같은 늙은이까지 들떴다. 그때까지만 해도 마음의 평화가 곧 무너지고 영원히 사라진 줄로만 알았던 기억들이 깨어나리라고는 상상도 못 했다. 설령 생생한 회상과 꿈에서일지언정 유령에 대한 극도의 공포를 또다시 느끼며 그 기억을 상기하는 일은 없으리라 확신했다.

서리 내린 어둠을 마지막으로 돌아보며 나는 만족스레 한숨을 쉬고는 개들을 불러들였다. 타닥대는 벽난로 옆에서 맛있는 몰트위스키를 한잔 하고 파이프 담배를 피우면서 가족들과 즐거운 시간을 보내리라. 그런 기대를 안고 안으로 들어갔다. 현관을 가로질러 응접실로 들어서자 행복감이 밀려들었다. 멍크스 피스에서 지내는 동안 자주 경험했던 이 느낌은 자연스레 또다른 감정으로 이어졌다. 진심 어린 감사. 활활 타는 벽난로 주위에 편안히 자리잡은 가족들을 보며 나는 진심으로 감사했다. 지난가을 과수원에서 베어낸 오래된 사과나무의 커다란 가지를 올리버가 벽난로에 집어넣자 불길이 위험할 만큼 높이 치솟으며 맹렬히 타올랐다. 에즈메의 장남 올리버는 예나 지금이나 누나 이소벨(턱수염을 기른 남편 오브리 피어스 곁에 앉아 있다)과 바로 아래 남동생 윌과 판박이처럼 닮았다. 셋 다 선량하고 평범하고 개방적인 둥그스름한 영국인의 얼굴이다. 머리와 눈썹과 속눈썹은 그들 어머니의 머리가 회색으로 세기 전에 그랬듯이 연한 밤색이다.

당시 이소벨은 겨우 스물네 살이었지만 이미 세 아들의 어머니였고, 앞으로도 더 낳을 계획이었다. 푸근하고 침착한 양호교사 분위기가 물씬 풍기는 그녀는 자식들만이 아니라 남편과 형제들까지 돌봐주고 감독하려 한다. 여느 집 딸보다 분별 있고, 책임감이 강하고, 정이 많고, 매력적이다. 차분하고 신중한 오브리 피어스를 이상적인 남편감으로 여기는 듯한데, 에즈메는 때때로 그런 그녀를 안타깝게 바라본다. 나와 단둘이 있을 때 상냥한 어조이긴 하지만 에즈메는 그녀가 좀 덜 차분하고, 좀더 활기차고, 심지어 경솔했으면 좋겠다고까지 말한 적도 여러 번 있다.

솔직히 나는 그렇게 생각할 수 없었다. 저 고요하고 차분한 바다의 표면을 그 무엇도 헤집어놓지 않길 바랐다.

열아홉 살인 올리버 에인리와 겨우 열네 달 어린 윌은 똑같이 진지하고 냉철했지만 동시에 어린 강아지처럼 생기발랄했다. 올리버는 내 조언에 따라 법률가의 경력을 쌓기 위해 케임브리지에 입학한 첫해에도 실상 그다지 철이 든 것 같지 않았다. 윌은 벽난로 앞에 엎드려 두 손에 턱을 괴고 있어 얼굴이 환히 빛났고, 올리버는 그 곁에 앉아 있었다. 이따금씩 긴 다리로 서로 걷어차고 밀치며 실랑이를 벌이다가 느닷없이 깔깔 웃는 두 사람은 마치 다시 열 살로 돌아간 듯했다.

에인리 남매 중 막내인 에드먼드는 늘 그렇듯 약간 떨어져 앉아 있었다. 그는 누구와도 거리를 살짝 두는데, 성격이 나쁘거나 퉁명스러워서가 아니라 은밀함을 추구하는 내성적인 성격과 타고난 깔끔함 때문이었다. 이 때문에 그는 에즈메의 다른 가족들 사이에서 두드러졌다. 외모도 독특했다. 파리한 피부와 긴 코와 유난히 검은 머리와 푸른 눈. 에드먼드는 당시 열다섯 살이었다. 나는 그에 대해서는 잘 몰랐고, 그를 거의 이해하지 못했으며, 같이 있으면 불편했지만 기이하게도 그를 다른 아이들보다 더 깊이 사랑했다.

멍크스 피스의 천장이 낮은 긴 응접실 양끝에 난 높다란 창문은 그때 커튼이 내려져 있었지만 낮이면 남쪽과 북쪽 모두에서 빛이 쏟아진다. 그날 밤 응접실 벽난로 위에는 에즈메와 이소벨이 오후 내내 모아온 생가지에 열매, 빨간색과 금색의 리본을 이파리와 엮어 만든 리스*와 줄장식이 걸려 있었다. 방 한쪽 끝에는 불을 밝힌 초와 장식물로 꾸민 크리스마스트리가 서 있고, 그 아래 선물 꾸러미가 쌓여 있었다. 하얀 국화가 꽂힌 꽃병이 여기저기 놓여 있고, 응접실 중앙 원탁에는 금박을 입힌 과일이 피라미드 모양으로 쌓여 있었다. 정향과 오렌지가 담긴 둥근 그릇에서 스며나온 톡 쏘는 향이 나무와 연기 내음에 뒤섞여 크리스마스 특유의 향을 빚어냈다.

나는 벽난로의 뜨거운 열기에서 약간 떨어진 전용 안락의자에 앉아 평소보다 느릿느릿 파이프에 불을 붙이며 마음의 평화를 누렸다. 그러다 가족들의 활기찬 대화를 내가 방해했음을 깨달았다. 적어도 올리버와 윌은 어서 이야기를 계속하고 싶어 안달했다.

나는 신중하게 첫 모금을 빨고는 물었다. "그래, 무슨 이야기를 하던 중이었지?"

침묵이 이어지더니 에즈메가 고개를 저으며 자수틀 너머로 미소 지었다.

"뭔데 그러니?"

그 순간 올리버가 일어나 부리나케 응접실을 돌며 램프를 전부 껐다. 끝에 있는 크리스마스트리만 불을 밝히고 있었다. 그가

* 꽃이나 나뭇잎 등을 둥글게 엮어 만든 크리스마스 장식품.

자리로 돌아오자 우리는 바로 앞의 벽난로 불빛으로만 서로를 간신히 알아볼 수 있었다. 에즈메는 살짝 투덜대며 자수틀을 내려놓을 수밖에 없었다.

"하려면 제대로 해야죠." 올리버가 다소 만족스레 말했다.

"아, 애들아……"

"자, 윌, 이제 네 차례지?"

"아니, 에드먼드 차례야."

"아하." 에인리 형제 중 막내가 기이하고 낮은 목소리로 말했다. "하라면 못 할 줄 알아?"

"그런데 불을 꼭 꺼야 하니?" 이소벨이 한참 어린 아이들에게 하듯 말했다.

"그럼, 누나. 꺼야지. 그래야 제대로 분위기가 날 거 아냐."

"난 그런 분위기 싫은데."

올리버가 나직이 탄식했다. "그럼 아무나 시작해."

에즈메가 내 쪽으로 상체를 기울였다. "지금 유령 이야기중이에요."

"맞아요." 윌의 목소리가 흥분과 웃음 때문에 불안정하게 이어졌다. "크리스마스이브 행사예요. 오래된 전통이죠!"

"외딴 시골집 어둑한 방의 벽난로 주위에 손님들이 모여 있고, 바람이 창문을 들썩이며 포효하고……" 올리버가 또 나직이 탄

식했다.

바로 그 순간 오브리가 무신경하게도 쾌활한 목소리로 끼어들었다. "그럼 계속하지." 그리하여 그들은 이야기를 계속했다. 올리버와 에드먼드와 윌은 극적인 효과와 공포에 질린 비명을 꾸며내면서 서로 더 끔찍하고 오싹한 이야기를 하려고 경쟁했다. 그들이 극단적 상상력을 발휘해 고통 위에 고통을 쌓아올리는 사이 이야기는 갈수록 무서워졌다. 아무도 살지 않는 성의 무너져가는 석벽 이야기, 달빛이 어린, 덩굴로 뒤덮인 황폐한 수도원 이야기, 문이 잠긴 방과 비밀 지하감옥과 눅눅한 납골당과 풀이 웃자란 묘지 이야기, 계단을 삐걱삐걱 오르는 발소리와 창문을 두드리는 손가락 이야기, 울부짖음과 비명과 신음과 종종대는 발걸음과 철겅대는 사슬 이야기, 수도복 모자를 덮어쓴 수도승과 머리 없는 기수와 소용돌이치는 안개와 갑작스러운 바람과 비현실적인 유령과 시트를 뒤집어쓴 괴물과 뱀파이어와 블러드하운드와 박쥐와 쥐와 거미 이야기, 새벽녘 발견된 남자들과 머리가 하얗게 세어 헛소리를 지껄이는 여자들 이야기, 사라진 시신과 상속인에게 내린 저주 이야기. 점점 충격적이고 극단적이고 터무니없는 이야기가 나오더니 비명과 헉하는 소리는 이내 호흡조차 곤란한 웃음 발작으로 이어졌다. 심지어 상냥한 이소벨까지 가세해 모두가 더 으스스한 이야기를 지어냈다.

처음에 나는 태연히 앉아 즐거워했다. 하지만 벽난로 빛 속에서 가만히 귀를 기울이고 있으니 그들 모두와 외따로 떨어져 이질감에 빠져들었다. 나는 점점 커져가는 불안감을 억누르고, 밀려드는 기억을 쫓으려 했다.

유령 이야기는 젊은이들이 크리스마스에 즐기는 유쾌하고 무해한 게임일 뿐이며, 윌의 말대로 오랜 전통이기도 했다. 나를 괴롭히려는 의도는 전혀 없었고, 내가 반대할 까닭도 없었다. 그리고 나는 분위기를 망치고 싶지 않았다. 상상력이라곤 없는 고루한 늙은이가 되고 싶지 않았다. 그저 재미 삼아 하는 게임에 동참하고 싶은 마음이 간절했다. 내 안에서 격렬한 전투가 벌어졌다. 나는 아무도 내 표정을 보지 못하게 고개를 벽난로에서 돌렸다. 당혹의 징후가 이미 얼굴에 조금씩 드러나고 있음을 알았던 것이다.

그러다 에드먼드가 마지막으로 밴시*의 울부짖음을 흉내내기 무섭게 느닷없이 벽난로에서 장작이 무너지며 불꽃과 재가 휘날리더니 불이 꺼지고 암흑이나 다름없이 깜깜해졌다. 응접실에 침묵이 내려앉았다. 나는 부들부들 떨렸다. 일어나 램프를 모두 켜 크리스마스 장식의 반짝임과 색채를 만끽하고, 다시 벽난로

---

* 구슬픈 울음소리로 가족 중 누군가 곧 죽게 된다는 것을 알려준다는 여자 유령.

를 활기차게 지피고 싶었다. 나를 휘감은 한기와 가슴에 내려앉은 공포를 떨쳐내고 싶었다. 하지만 움직일 수가 없었다. 늘 그랬듯이 잠시 몸이 마비된 것이다. 오랫동안 잊고 있었지만 한때 너무나 친숙했던 바로 그 느낌이었다.

그 순간 에드먼드가 말했다. "자, 이제 아버지 차례예요." 그러자 모두가 동시에 침묵을 깨뜨리고 재촉해댔다. 심지어 에즈메까지 거들고 나섰다.

"아니, 아니." 나는 익살스럽게 말하려고 애썼다. "이야깃거리가 없어."

"아, 아서……"

"유령 이야기를 적어도 하나는 알겠죠, 아버지. 누구나 하나는 아는데……"

아, 그래, 그렇긴 하다. 사실이다. 그들이 엽기적이고 충격적인 이야기를 늘어놓으며 신음하고 울부짖는 내내 한 가지 생각이 내 머리를 떠나지 않았다. 하고 싶은 말이라고는 그뿐이었다. '아니, 아니, 그건 모르고 하는 소리야. 너희 이야기는 그냥 상상으로 만들어낸 거지만, 내 이야기는 아냐. 피가 고이거나 스멀스멀 기어들거나 그런 단순한 게 아니라고. 전혀…… 웃을 수 있는 이야기가 아니지. 진실은 전혀 달라. 더욱 끔찍하지.'

"어서 얘기해줘요, 아버지."

"분위기 깨지 마요."

"아서?"

"어서 이야기해주세요, 아버지. 설마 우리를 실망시키지는 않을 거죠?"

나는 더이상 견딜 수가 없어 일어났다.

"실망시켜 미안하구나. 하지만 이야깃거리가 없어!" 그리고 재빨리 응접실과 집에서 벗어났다.

십오 분쯤 후 정신을 차려보니 과수원 너머 잡목림에 서 있었다. 심장이 쿵쾅거리고, 가쁜 숨을 몰아쉬었다. 불안에 휩싸여 미친 듯이 돌아다닌 끝에 마음을 가라앉혀야 한다는 데 생각이 미친 나는 이끼투성이의 오래된 바위 위에 앉아 의도적으로 천천히 숨을 쉬었다. 열을 세며 숨을 들이쉬고 내쉬었다. 그러자 긴장이 가라앉으며 심장박동이 약간 안정되고, 머리가 맑아졌다. 한참 후 다시 주변을 둘러보니 맑은 밤하늘에 별이 환히 빛나고, 대기는 차갑고, 발아래 서리 앉은 풀들이 바스락거렸다.

집에 남은 가족들은 당혹스러워하며 걱정하고 있을 터였다. 평소 나는 변덕이라고는 없는 침착한 사람이었으니. 시답잖은 이야기 좀 해달라고 했다고 내가 그렇게 단호히 거부하고 퉁명스럽게 반응한 까닭을 그들은 전혀 모르니 어리둥절할 터였다. 어서 돌아가 아까 일은 없던 걸로 해서 마음을 풀어주고 다시 유쾌한 분위기를 만들어야 했다. 하지만 해명은 할 수 없었다. 절대. 사랑하는 아내를 위해서라면 얼마든지 다시 온화해져 쾌활하게 굴 수 있지만 그 이상은 불가능했다.

그들은 흥을 깼다며 나를 책망하고는 유령 이야기를 해달라고, 누구나 그렇듯 나 역시 이야깃거리가 하나는 있을 거라며 격려해줄 터였다. 그래, 나도 이야깃거리가 있다. 그것도 진짜 이야기가. 유령과 악귀, 두려움과 혼란, 공포와 비극의 실화가. 하지만 크리스마스이브에 벽난롯가에 둘러앉아 재미 삼아 할 수 있는 이야기는 아니다.

그 사건이 결코 잊히지 않았다는 것을, 떨쳐낼 수 없는 과거에서부터 정신에 깊이 새겨져 내가 결코 벗어날 수 없다는 것을 내심 항상 알고 있었다. 그럼에도 다시는 의식적으로 기억해내는 일이 없기를 빌었다. 그리고 긴 세월이 흐르자 오래된 상처처럼 이따금 희미하게 쑤시긴 했지만 점점 그 빈도와 강도가 줄어들었고, 행복과 평정심과 분별력은 확고해졌다. 최근 들어서는 웅덩이 가장 바깥쪽의 잔물결처럼 기억 속 가장 희미한 부분에 지나지 않게 되었다.

그런데 그날 밤 다시 그 일이 다른 모든 것을 몰아내고 내 머릿속을 채웠다. 두 번 다시 마음 편히 잘 수 없을 터였다. 식은땀에 젖어 뜬눈으로 밤을 지새우며 그 시간과 그 사건과 그 장소로 돌아가게 될 것이 뻔했다. 그 긴 세월, 밤이면 밤마다 그랬듯.

나는 일어나 다시 걸었다. 내일은 크리스마스였다. 적어도 그 축복받은 시간 동안은 그 일에서 자유로워질 수 있지 않을까? 일시적으로나마 통증을 없애는 진통제나 연고처럼 기억과 그 영향력을 억누를 수 있는 것은 없을까? 그러다 달빛에 은회색으로 물든 과일나무 사이에 서서는, 마음속에 출몰하는 오랜 유령을 없애는 방법은 퇴마 의식뿐임을 깨달았다. 그렇다면 나의 유령 역시 퇴마 의식으로 몰아낼 수 있을 것이다. 나는 나의 이야기를 해야 한다. 하지만 벽난로 앞에서 느긋한 청중을 위해 오락거리 삼아 큰 소리로 말할 수는 없다. 그러기에는 너무 비통한 실화이다. 대신 종이 위에 신중하고 세세히 풀어내야 한다. 나의 유령 이야기를 글로 쓰는 것이다. 그러고 나면 나에게 남은 생이 얼마나 되든 마침내 그것으로부터 자유로워질 수 있을지 모른다.

적어도 내가 살아 있는 동안은 나만이 그 일을 알아야 한다고 즉각 결론을 내렸다. 유령에 시달리고 고통받은 사람은 바로 나다. 내가 유일한 희생자는 아니지만, 아직 살아 있는 희생자는 나뿐이다. 그날 저녁 내가 받은 고통으로 미루어보건대 나는 여전히 그 사건으로부터 자유롭지 못했고, 바로 나에게서 그 유령을 쫓아내야 했다.

나는 달을 올려다보고 환하디환한 북극성을 바라보았다. 크리스마스이브였다. 나는 더없이 고통스러운 임무를 완수해낼 힘과 끈기를 달라고, 마음의 평화를 얻게 해달라고 단순하고도 진심 어린 기도를 올렸다. 우리 가족에게 축복을 내리고, 우리 모두 편안한 밤을 보내게 해주십사 빌었다. 지금은 내가 감정을 통제하고 있지만, 앞으로 어떻게 어둠의 시간들을 감내할지 두려웠다.

그 순간 내 기도에 대한 답으로 시구가 떠올랐다. 한때 알고 있었지만 오랫동안 잊고 지낸 시였다. 나중에 그 구절을 에즈메에게 낭송해주자, 그녀는 즉시 출처를 알려주었다.

주 예수의 탄신을 축하하는 계절이 오면
새벽을 알리는 새가
밤새 노래를 부른다고들 하지.
그래서 혼백이 감히 나돌아다니지 못하여
밤이 안전해진다지. 별의 힘도 미치지 못하고,
요정도 마녀도 인간을 호리지 못하는
정녕 신성하고 자비로운 시간이라지.*

* 셰익스피어의 『햄릿』 1막 1장.

그 구절을 소리내어 읊자 마음이 한결 평화로워졌다. 비록 내 결심 때문에 여전히 긴장하고는 있었지만 완전한 나 자신으로 돌아왔다. 크리스마스 휴일이 끝나 가족들이 모두 떠나고 에즈메와 단둘이 남으면 그 이야기를 쓸 터였다.

집으로 돌아가니 이소벨과 오브리는 어린 아들들의 양말을 채워주는 기쁨을 맛보기 위해 살그머니 위층으로 가고 없었고, 에드먼드는 책을 읽고 있었고, 올리버와 윌은 집 끄트머리의 오래된 오락실에 가 있었다. 오락실이라고 해봐야 망가진 당구대 하나가 있을 뿐이었지만. 응접실을 정리하고 잠자리에 들 준비를 하고 있던 에즈메는 아까의 일에 대해 아무 말도 없었지만 걱정스러운 얼굴이었다. 느닷없던 내 행동을 설명하기 위해 나는 극심한 소화불량인 척해야 했다. 그러고는 벽난로의 불꽃을 바라보다가 불길을 줄이고 벽난로 옆쪽에 파이프의 재를 털며 다시 차분하고 고요한 기분에 잠겼다. 다가오는 짧은 밤 동안 잠이 들든 깨어 있든 견뎌야 할 혼자만의 공포가 더는 두렵지 않았다.

이튿날은 크리스마스였다. 어서 맞이하고 싶은 마음에 기쁨이 일렁였다. 온 가족이 즐겁고 행복해하며 사랑과 우정과 재미와 웃음을 쌓는 시간이 될 터였다.

크리스마스가 끝나면 나는 해야 할 일이 있다.

2
안개에 휩싸인 런던

이미 어스름이 깔린 11월의 어느 월요일 오후였다. 어둑어둑했던 것은 시간이 늦어서가 아니라—겨우 3시였다—안개 때문이었다. 런던의 누런 안개가 어찌나 몰려드는지 새벽부터 사방을 에워쌌다. 대기를 가득 채운 맹렬한 어둠을 햇살이 거의 뚫지 못해 실상 새벽인지도 알 수 없었지만.

안개는 강 위에 고이거나, 골목과 뒷길을 스멀스멀 드나들거나, 공원과 정원의 헐벗은 나무들 사이에서 묵직하게 맴돌며 집 밖을 점령하고 있었다. 집 안이라고 해도 사정은 다르지 않았다. 안개는 시큼한 입김처럼 갈라진 틈과 작은 구멍으로 스멀스멀 새어들거나 문이 열릴 때마다 음흉하게 넘실거렸다. 악취가 나는 더럽고 누런 안개였다. 목이 메고 눈이 따갑고 여기저기에 얼룩이 졌다. 남자와 여자들은 앞이 보이지 않아 손 하나에 목숨을 걸고 더듬더듬 길을 건너고 비틀비틀 인도를 나아가며 길잡이 삼아 난간이나 다른 사람을 붙잡았다.

소리가 바스러지고, 형체는 흐릿해졌다. 사흘 전 런던을 덮친 안개는 도통 물러날 기미가 없었다. 안개의 특성이란 특성은 모두 갖춘 듯했다. 위협적이고 불길하며, 익숙한 세계를 탈바꿈시켜 사람들을 혼란에 빠뜨렸다. 눈을 가린 채 빙빙 도는 장님놀이라도 하는 양 어디가 어디인지 알 수 없었다.

안 그래도 일 년 중 가장 쓸쓸한 달에 날씨까지 이 모양이니 우울하기 이를 데 없었다.

돌이켜보면 이날 하루 종일 그 여행에 대해 어떤 징조를 느꼈을 거라고 믿기 쉬우리라. 거의 누구에게나 겉으로 드러나지 않더라도 어떤 텔레파시 같은 직감이나 육감이 있다고들 하지 않는가. 나 역시 그런 걱정스러운 예감이 들었을 법도 하다. 하지만 젊은 시절 나는 상식적이고 심지가 굳은 남자였다. 불안이나 걱정은 전혀 없었다. 평소 쾌활한 내가 당시 우울했던 것은 그저 안개와 11월이었기 때문이다. 모든 런던 시민들이 나와 마찬가지로 우울해했다.

지금 생각해봐도 솔직히 벤틀리 씨가 시킨 일에 대해 호기심과 직업적 관심 외에는 아무것도 느끼지 못했다. 약간의 모험심이 들긴 했다. 잉글랜드에서 그처럼 외딴 지역은 한 번도 가본 적이 없었기 때문이다. 유독한 안개와 습기에서 벗어나겠구나 하는 안도감도 들었다. 더구나 겨우 스물세 살이던 나는 철도역과 증기기관차 여행에 대해 남학생이 품을 법한 열정을 아직 간직하고 있었다.

하지만 무엇보다 놀라운 점은 내가 그날에 대해 아주 세세한 부분까지 또렷이 기억한다는 사실이다. 별다른 일이라고는 없었고, 마음도 아주 차분한 하루였다. 지금도 눈을 감으면, 킹스 크로스 역을 향해 안개를 헤치며 느릿느릿 나아가는 택시의 가죽 시트에서 풍기던 차갑고 축축한 냄새와 차창으로 스며들던 안개의 이루 말할 수 없는 악취가 생생히 느껴지고, 솜으로 틀어막은 양 귀가 먹먹하던 느낌이 되살아난다.

지옥의 구석구석에서 타오르는 듯한 누런 유황빛이 상점과 주택 위층 창문에 이글거리고, 저 아래 갱도에서 너울대는 불꽃처럼 지하실에서도 빛이 올라왔다. 거리 모퉁이에서는 밤栗을 파는 상인들이 빛 웅덩이를 이루었다. 도로 수리공들이 타르가 부글부글 끓는 거대한 가마솥을 쑤자 사악한 붉은 연기가 피어올랐고, 점등원이 높이 쳐든 랜턴이 위아래로 흔들리며 깜박거렸다.

도로는 더듬더듬 안개를 뚫어야 하는 백 명의 운전사가 고함을 치고, 브레이크를 밟고, 경적을 울리느라 아수라장이었다. 차창으로 내다보니 어스름 속에서 스카프나 베일이나 손수건으로 입과 코를 가리고 더듬더듬 나아가는 사람들이 꼭 유령 같았다. 그러다 잠시 안전한 빛 웅덩이에 이르면 눈이 시뻘게지는 것이 꼭 마귀처럼 보였다.

로펌에서 역까지 1.5킬로미터를 가는 데 거의 오십 분이 걸렸다. 시간이 지체되어도 달리 어쩔 도리가 없던 나는 편히 앉아 최악의 순간은 곧 끝난다며 스스로를 다독였다. 그리고 그날 아침 벤틀리 씨와 나눈 대화에 정신을 집중했다.

나는 내 등을 노리는 털북숭이 짐승처럼 창문을 밀어대는 안개도 잠시 잊고 부동산 임대권 양도증서의 따분한 세부사항들을 꼼꼼히 챙기던 중이었다. 그런데 사무원 톰스가 들어와 벤틀리 씨가 찾는다고 했다. 톰스는 키가 작고 막대기처럼 앙상하며 수지양초 같은 안색에 항상 감기를 달고 다녀 이십 초마다 재채기를 했다. 이런 이유로 그는 바깥쪽 로비의 좁은 사무실에서 장부를 관리하고 고객을 맞는 일에서 벗어나지 못했다. 고통과 비애에 젖은 듯한 그의 분위기 탓에 그곳을 찾은 고객은 용건이 무엇이었든 유언장을 써야겠다는 생각을 하게 되었다.

벤틀리 씨의 방으로 들어갔을 때 그의 앞에 놓여 있는 것도 유언장이었다. 널찍하고 안락한 그 방에서는 날씨가 좋을 때면 너른 퇴창으로 법학원*과 공원의 아름다운 경치, 런던에 있는 변호사의 절반이 오가는 광경이 내다보였다. "앉게, 아서." 벤틀리 씨가 안경을 벗어 열심히 닦더니 다시 코에 걸치고는 만족스러운 듯 의자에 기대앉았다. 벤틀리 씨는 할 이야기가 있었다. 그리고 그는 다른 사람이 자신의 말에 귀 기울여주는 것을 좋아했다.

"드래블로 부인이라는, 대단히 특이한 사람에 대해 내가 얘기한 적이 있던가?"

나는 고개를 저었다. 어쨌든 임대권 양도보다는 흥미로울 듯했다.

"드래블로 부인은……" 그가 그 이름을 다시 한번 말하며 유언장을 집어들더니 파트너 전용 책상 너머의 나를 향해 흔들었다.

"앨리스 드래블로 부인은 일 마시 하우스의 주인이고, 지금은 고인이 되셨지."

"아."

"그래. 원래 앨리스 드래블로는 우리 아버지의 고객이었어. 그 집안은 사업상의…… 어떤…… 일 때문에 우리 회사와 거래를 시작했지." 그는 지난 세기 벤틀리, 하이, 스위트먼 앤드 벤틀리가 설립된 흐릿한 시절을 향해 손을 저었다.

"그렇군요."

* 변호사 자격을 부여하고 변호사들을 관리하는 런던의 유서 깊은 법조인 협회.

“여든일곱이라.” 그가 또 유언장을 팔락팔락했다. “살 만큼 살았지.”

“그분 유언장이죠? 봐도 될까요?”

“드래블로 부인은……” 그는 이야기 도중 끼어든 나의 청을 무시하고는 목소리를 약간 높였다. “드래블로 부인은 괴팍했다고들 해.”

나는 고개를 끄덕였다. 로펌에서 오 년을 보낸 터라 벤틀리 씨의 늙은 고객 중 상당수가 괴팍하다는 사실은 익히 알고 있었다.

“나인 라이브스 코즈웨이에 대해 들은 적 있나?”

“없습니다.”

“일 마시는? 거기가 어느 지역이더라?”

“모르겠습니다.”

“그럼 그 근방은 전혀 가본 적 없겠군.”

“그렇습니다.”

“거기서 살다보면……” 벤틀리 씨는 생각에 잠긴 채 말했다. “……누구나 괴팍해지고 말 거야.”

“어떤 곳인지 조금은 짐작이 가는군요.”

“그럼, 집에 가서 짐을 꾸리게. 킹스 크로스에서 오후 기차를 타고 크루에서 갈아탄 뒤 호머비에서 내리게. 그리고 지선으로 갈아타고 크라이신 기퍼드까지 가게. 시장이 서는 작은 읍이지.

그다음엔 조수 시간만 기다리면 되네!"

"조수요?"

"썰물 때만 코즈웨이를 건널 수 있거든. 코즈웨이를 통해 일마시의 그 집으로 갈 수 있지."

"드래블로 부인 댁 말입니까?"

"밀물이 들면 다시 물이 빠질 때까지 그곳에 갇히게 되네. 대단한 곳이지." 그가 일어나 창가로 갔다.

"물론 아주 오래전에 가보았지만 말이야. 부친을 따라서. 그 여자는 손님을 썩 달가워하지 않았어."

"미망인이었나요?"

"결혼하고 얼마 안 돼서 남편을 잃었어."

"자녀는요?"

"자녀라." 벤틀리 씨는 잠시 침묵하며 흐릿함을 지워버리려는 듯 손가락으로 유리창을 문질렀다. 하지만 잿빛 어린 누런 안개는 어느 때보다 짙었다. 그렇긴 해도 법학원 구내 여기저기, 다른 변호사 사무실에서 불빛이 흐릿하게 일렁였다. 교회 종이 울리기 시작했다. 벤틀리 씨가 돌아섰다.

"내가 아는 모든 사항을 종합해보면." 그는 신중하게 말을 골랐다. "아니, 자녀는 없네."

"현금이나 토지가 많습니까? 재산 문제가 복잡하게 얽혀 있나요?"

"전반적으로는 그렇지 않네, 아서. 전반적으로는. 물론 그 집도 있고, 크라이신 기퍼드에도 부동산이 좀 있지. 세를 준 상점이 몇 개 있고, 형편없는 농장이 하나 있는데 반은 물에 잠겼지. 돈을 들여 여기저기 수로를 만들었지만 별 소용이 없었어. 그리고 그렇고 그런 신탁재산과 투자금이 좀 있네."

"아주 간단한 일처럼 들리는데요."

"맞아, 그렇지?"

"제가 왜 거기에 가야 하는지 여쭤봐도 될까요?"

"그야 우리 회사를 대표해 고객의 장례식에 참석하는 거지."

"아, 그렇군요."

"당연히 내가 직접 갈까도 했다네. 그런데 솔직히 말해서 이번 주 내내 또 발 때문에 고생이지 뭔가." 벤틀리 씨는 통풍을 앓고 있었다. 그는 금욕적인 삶을 살았기에 전혀 부끄러워할 이유가 없는데도 절대 그 병명을 언급하는 법이 없었다.

"볼트로프 경과 만나야 할 상황이 생길지도 모르고. 그래서 여길 떠날 수가 없네. 대답이 되었나?"

"네, 그럼요. 알겠습니다."

"그리고 또……" 침묵. "자네 어깨에 좀더 책임을 짊어지게 할 적당한 때이기도 하고. 이 정도는 처리할 수 있겠지?"

"아무렴요. 회사 대표로 드래블로 부인의 장례식에 참석하게 돼서 뿌듯합니다."

"장례식 말고도 할 일이 좀 있네."

"유언장 말입니까?"

"부동산과 관련해 처리할 게 좀 있지. 자세한 내용은 기차에서 읽어보게. 하지만 원칙적으로 드래블로 부인의 서류는 모두 검토해야 하네. 개인 서류라도…… 무엇이 됐든. 어디에 있든 전부 다……" 벤틀리 씨가 끙 앓는 소리를 냈다. "……가져오게."

"알겠습니다."

"드래블로 부인은 다소…… 체계가 없달까. 시간이 좀 걸릴 거야."

"하루 이틀요?"

"최소한 하루 이틀이네, 아서. 물론 상황이 달라질 수도 있어. 내가 잘못 안 것일 수도 있으니…… 어쩌면 잘 정리되어 있어서 한나절 만에 마칠 수 있을지도 몰라. 말했다시피 내가 거기에 가본 건 아주 오래전이었으니."

점점 빅토리아시대 소설과 비슷하게 들렸다. 은둔 생활을 하는 늙은 여자가 케케묵은 서류를 집 여기저기에 깊이 쑤셔박아 숨겨놓았다니. 나는 벤틀리 씨의 말을 대수롭지 않게 받아들였다.

"현지에 도와줄 만한 사람이 있습니까?"

"부동산 대부분은 증조카손자와 손녀가 물려받는데, 둘 다 인도에 있어. 사십 년 넘게 거기서 살고 있지. 전에는 가정부가 하나 있었는데…… 거기 가보면 누군가 있을 거네."

"친구는 있겠죠…… 아니면 이웃이라도."

"일 마시 하우스 근방에는 아무도 안 사네."

"성미가 괴팍해서 친구도 없었나보군요?"

벤틀리 씨가 빙그레 웃었다. "이봐, 아서. 긍정적으로 생각하라고. 그냥 짧은 여행 다녀오는 셈 치게."

나는 일어났다.

"적어도 하루 이틀은 저기서 벗어날 수 있잖나." 그가 창문을 향해 손을 저었다. 나는 고개를 끄덕였다. 사실상 출장을 가라니 솔깃했다. 벤틀리 씨가 상황을 좋게 이야기하며 괴상한 집에서 살았던 수수께끼의 드래블로 부인을 실제 이상으로 긍정적으로 묘사하려고 애쓴다는 점을 눈치채긴 했지만 상관하지 않았다. 그저 멀고 춥고 불편한 곳이고, 장례식은 침울할 터이고, 내가 찾아야 하는 서류는 먼지로 뒤덮인 신발 상자에 담겨 다락방 침대 아래 처박혀 있겠지만, 여성 고객의 경우 으레 그렇듯 그 안엔 오래된 영수증, 불평투성이 편지 초안 등 온갖 잡다한 것뿐일 거라 예상했다. 문 쪽으로 가는데 벤틀리 씨가 말했다. "오늘 저녁 늦게 크라이신 기퍼드에 도착할 걸세. 작은 호텔이 있으니 오늘 밤은 거기서 묵게. 장례식은 내일 아침 열한시네."

"장례식이 끝나면 그 집으로 갈까요?"

"내가 조치해두었네…… 그곳 주민이 그 집에 데려다줄 걸세…… 그 사람이 자네를 찾아갈 거네."

"네, 그런데……"

바로 그 순간 내 등뒤에서 톰스가 재채기를 하며 나타났다.

"열시 삼십분 고객이 오셨습니다, 벤틀리 씨."

"좋아 좋아, 들어오시라고 해."

"잠시만요, 벤틀리 씨……"

"왜 그러나, 아서? 문가에서 꾸물대지 말게. 나는 할 일이 많은 사람이야."

"제가 더 알아야 할 건 없습니까? 그러니까……"

그가 조급하게 손사래를 쳤다. 톰스가 돌아가자마자 벤틀리 씨의 10시 30분 고객이 들어왔다. 나는 물러날 수밖에 없었다.

나는 책상을 치우고 집으로 가 가방을 꾸리고는 하숙집 주인에게 이틀 정도 출장을 간다고 알린 다음 약혼녀 스텔라에게 편지를 썼다. 내가 갑자기 떠나버려 실망하겠지만, 대신 벤틀리 씨가 나를 믿고 일을 맡겼다는 사실에 뿌듯해하길 빌었다. 이는 내 미래에 대한 좋은 징조였고, 내년에 올리기로 한 결혼식에도 큰 영향을 미칠 사건이었다.

그러고 나서는 불과 몇 분 전 처음 들어본, 잉글랜드의 외딴 구석으로 향하는 오후 기차를 타기 위해 출발할 것이었다. 로펌에서 나오는데 톰스가 침울한 표정으로 좁은 사무실의 유리창을 두드리더니 드래블로라고 적힌 두툼한 갈색 봉투를 건넸다. 나는 봉투를 옆구리에 끼고는 목을 옥죄는 런던 안개 속으로 돌진했다.

3

북쪽으로의 여행

벤틀리 씨 말대로, 유쾌하지 못한 이유로 멀리 떠나는 것이긴 해도 덕분에 런던의 안개에서 벗어날 수 있었다. 시커먼 대장간인 양 불꽃이 너울대는 거대한 철도역의 광경 때문에 다른 생각은 할 수 없을 만큼 마음이 설레었다. 그곳은 쇠가 철경거리는 소리와 출발을 준비하는 부산함으로 가득했다. 나는 매점에서 신문과 잡지를 사서 연기를 뿜어대는 기차가 서 있는 플랫폼을 향해 가벼운 걸음으로 내려갔다. 내 기억에, 기관차는 서 베디비어Sir Bedivere였다.

빈 객실의 구석 자리를 잡고 코트와 모자와 가방을 선반에 얹어두고서 대단히 흡족해하며 앉았다. 런던을 벗어난 교외 지역까지도 안개가 여전히 어슬렁대긴 했지만 점점 엷어지며 군데군데 걸혔다. 나는 마냥 즐거웠다. 바로 그때 두 사람이 객실로 들어와 앉았다. 하지만 서로 짧게 고개를 끄덕이고는 그들이나 나나 각자 신문이나 서류에 집중했다. 그렇게 잉글랜드 중앙까지 아무 일 없이 몇 킬로미터를 달렸다. 차창 너머는 빠르게 어두워지고 있었다. 커튼을 치자 램프를 켠 서재처럼 안락하고 호젓했다.

나는 크루에서 쉽게 기차를 갈아타고 여행을 계속했다. 철로가 동쪽으로 방향을 트는 동시에 북쪽으로 나아갔다. 나는 기분 좋게 저녁식사를 했다. 호머비의 자그마한 역에서 지선으로 갈아탈 때부터 여행은 슬슬 불편해졌다. 그곳은 훨씬 추운데다 불쾌한 비까지 품은 동풍이 몰아쳤다. 게다가 마지막으로 타야 할 기차는 편안한 구석이라곤 없는 낡아빠진 골동품이었다. 탄력성과는 거리가 먼 말털을 넣고 뻣뻣하기 짝이 없는 가죽을 씌운 좌석하며, 얇은 널빤지로 된 선반하며. 객실에는 차갑게 식은 퀴퀴한 검댕 냄새가 진동했고, 차창에는 때가 덕지덕지 앉았고, 바닥은 비질도 되어 있지 않았다.

출발하기 직전까지만 해도 그 객실뿐만 아니라 기차를 통틀어 내가 유일한 승객인 듯했다. 하지만 철도원이 호각을 부는 바로 그 순간, 한 남자가 개찰구를 통과해 활기 없이 텅 빈 기차를 재빨리 훑더니 마침내 나를 발견하고는, 말동무를 원하는지 내가 있는 객실에 올랐다. 객실 문이 쾅 닫히는 것과 동시에 기차가 움직이기 시작했다. 차갑고 축축한 공기가 한 무더기 그를 따라 들어와 안 그래도 추운 객실이 더 선뜩해졌다. 그가 두꺼운 코트의 단추를 푸는 동안, 나는 밤 날씨가 형편없다며 말을 걸었다. 그는 절대 쌀쌀맞은 얼굴은 아니었지만 호기심 어린 표정으로 나를 위아래로 훑더니 선반 위의 내 물건을 보고야 고개를 끄덕였다.

"형편없는 날씨에서 벗어나는가 했더니 아무래도 또다른 형편없는 날씨로 들어가는 모양입니다. 런던을 뒤덮은 끔찍한 안개의 손아귀에서 벗어났다 싶었는데 여긴 눈이 내릴 만큼 추우니."

"눈이 오지는 않을 겁니다. 바람이 한바탕 법석을 떤 뒤 아침쯤 비와 함께 사라질 겁니다."

"그렇다면 다행이네요."

"하지만 여기 온 덕분에 안개에서 벗어났다고 생각한다면 오산입니다. 이 일대는 해무가 아주 지독하거든요."

"해무요?"

"네, 해무. 바다안개 말입니다. 바다에서 습지를 가로지른 안개가 삽시간에 육지를 뒤덮지요. 이 고장 특유의 현상입니다. 유월 하늘처럼 맑았다가 느닷없이……" 그는 해무의 극적인 등장을 몸짓으로 암시했다. "끔찍하죠. 하지만 크라이신에 머문다면 최악의 해무를 볼 일은 없을 겁니다."

"오늘 밤과 내일 아침까지는 그곳의 기퍼드 암스에서 머물 겁니다. 하지만 그후에는 습지로 나가야 하지 않을까 싶네요."

일 얘기를 그에게 하고 싶지는 않아서 나는 다시 신문을 집어 들고 보란 듯이 펼쳤다. 그리하여 한동안 우리는 덜컹거리는 조악한 기차에서 침묵에 잠겼다. 씩씩대는 엔진 소리, 철로와 철바퀴가 맞부딪치며 철컹대는 소리, 이따금 들려오는 기적 소리, 작은 대포들이 연달아 발사되듯 차창을 두들겨대는 빗소리뿐이었다.

덜컹대고 삐걱대는 와중에 가만히 앉아 추위를 견디자니 이 여행에 슬슬 싫증이 났다. 나를 위한 저녁식사와 벽난로와 따스한 침대가 간절했다. 사실 신문 뒤로 얼굴을 감추고는 있었지만 기사는 이미 샅샅이 읽은 뒤라 속으로 같이 탄 승객에 대해 이런저런 추측을 하고 있었다. 얼굴이 통통하고 손은 크고 거친데다 덩치까지 큰 남자였다. 꽤 정확한 문법을 구사했고, 낯선 억양은 이 고장 사투리인 듯했다. 농부, 아니면 작은 사업을 하는 사람 같았다. 쉰 살보다는 예순 살에 가까워 보였고, 옷감은 고급스러운데 디자인은 다소 야단스러웠다. 왼손에 낀 인장 반지는 묵직하고 커다랬지만 역시나 최근에 구입한 듯했고 어딘가 조악했다. 나는 그가 최근 뜻밖의 성공을 거두었거나 유산을 받았고 이를 세상에 알리고 싶어 안달하는 사람이라는 결론을 내렸다.

거만하고 치기 어렸던 나는 그를 그 정도일 거라 무시하고는 런던과 스텔리를 그리워했다. 그러다 극도의 추위와 여기저기 쑤시는 뼈마디에 온 신경이 쏠려 있던 바로 그 순간, 그가 느닷없이 "드래블로 부인"이라고 말하는 바람에 나는 화들짝 놀랐다. 나는 신문을 내리고는 객실 안에 우렁차게 메아리치는 그의 목소리를 의식했다. 기차가 멈추어 바람의 신음과 저 앞쪽 기관차 굴뚝의 희미한 쌕쌕거림 말고는 아무 소리도 나지 않았기 때문이었다.

"드래블로." 그가 드래블로 관련 서류가 담긴 갈색 봉투를 가리켰다. 봉투는 내 왼쪽 좌석에 놓여 있었다.

나는 뻣뻣하게 고개를 끄덕였다.

"설마 친척은 아니겠죠?"

"저는 그분의 변호사입니다." 나는 다소 우쭐해하며 말했다.

"아! 장례식에 가시는 모양이군요."

"네."

"장례식의 유일한 문상객일 겁니다." 나도 모르는 사이에 그 일에 대해 좀더 알고 싶어졌다. 남자는 확실히 뭔가 알고 있었다.

"친구도, 가까운 친척도 없다고 들었습니다. 일종의 은둔 생활을 하셨다죠? 노부인 중에 그런 사람이 더러 있어요. 내향적으로 변해 점점 괴팍해지죠. 혼자 사는 사람은 그렇게 되기 쉽다고 생각합니다만."

"아마 그럴 테지요. 그런데 성함이……?"

"킵스입니다. 아서 킵스."

"새뮤얼 데일리라고 합니다."

우리는 고개를 까딱했다.

"그런 곳에서 혼자 지내면 사람이 이상해지기 십상이지요."

나는 웃으며 대꾸했다. "설마 외딴집의 기이한 이야기를 해줄 생각은 아니시죠?"

그는 진지한 눈으로 나를 바라보았다. 그리고 마침내 말했다. "아뇨, 아닙니다."

바로 그 순간 나는 몇 가지 이유로, 게다가 그가 너무 거리낌 없이 노골적으로 바라보는 바람에 몸이 떨렸다.

나는 결국 대꾸했다. "팔십칠 년을 이 세상에서 보낸 사람이 장례식에 와줄 친한 지인 하나 없다니 참으로 안타깝습니다!"

나는 손으로 차창을 문질러 어둠 속을 내다보려 했다. 탁 트인 벌판 한가운데 멈춘 기차의 옆구리를 세찬 바람이 강타하며 울부짖는 듯했다. "얼마나 더 가야 하지요?" 나는 걱정스러운 어조를 띠지 않으려고 애썼지만, 주변에 사람이라고는 살지 않는 곳에 뚝 떨어져 무덤처럼 추운데다 흠집투성이 거울과 얼룩투성이의 시커먼 널빤지로 에워싸인 객실에 갇혀 있자니 불쾌감이 엄습했다. 데일리 씨가 시계를 꺼냈다.

"이십 킬로미터 남았습니다. 하행下行 기차가 게이프머스 터널을 통과하길 기다리는 겁니다. 터널이 뚫린 언덕을 지나면 이제 몇 킬로미터 너머까지 평원이 뻗어 있죠. 평지에 오신 것을 환영합니다, 킵스 씨."

"이름이 참으로 기묘한 지역에 온 것은 확실하군요. 오늘 아침에 나인 라이브스 코즈웨이와 일 마시라는 지명을 들었는데, 오늘 밤에는 게이프머스라는 터널 이름을 듣는군요."*

"여기는 아주 외딴곳이에요. 외부인이 오는 일은 드물죠."

"볼거리가 별로 없나보지요."

"'없다'가 무엇을 의미하느냐에 따라 다르겠죠. 여긴 물에 잠긴 교회와 가라앉은 마을은 있어요." 그가 빙그레 웃었다. "'볼거리가 없다'의 아주 좋은 예 아닙니까. 완전히 폐허가 된 수도원에 멋진 부속묘지가 딸린 볼거리도 있죠. 썰물 때 갈 수 있는 곳입니다. 다 취향 나름이죠!"

"듣고 있자니 차라리 안개 낀 런던으로 돌아가고 싶은걸요!"

---

* 글자 그대로 해석하면 나인 라이브스 코즈웨이는 '아홉 개의 목숨 방죽길', 일 마시는 '장어 습지', 게이프머스는 '떡 벌어진 입'이다.

기적 소리가 날카롭게 울려댔다.

"드디어 오네요." 크라이신 기퍼드를 출발해 호머비로 향하는 기차가 게이프머스 터널에서 나와 덜컹덜컹 우리 옆을 지나갔다. 노란 불빛 외에는 텅 빈 객실들이 어둠 속으로 스르르 사라지자마자 우리 기차가 다시 움직였다.

"하지만 크라이신에서는 넘치는 정을 느낄 수 있을 겁니다. 작고 평범한 읍이지만요. 우리는 바람을 등지고서 묵묵히 우리 일을 합니다. 저랑 함께 가시죠. 기퍼드 암스까지 데려다드리겠습니다. 역에서 제 차가 기다리고 있을 거고, 어차피 그리로 지나가야 하거든요."

그는 이곳 지역의 황량함과 기이함을 과장해 놀린 것을 무마하고 나를 안심시키려고 몹시 애쓰는 듯했다. 나는 감사히 그의 제안을 받아들였다. 그리고 우리는 지루한 여행의 남은 몇 킬로미터를 다시 읽을거리와 함께 보냈다.

4
드래블로 부인의 장례식

장이 서는 읍인 크라이신 기퍼드는—사실상 약간 큰 마을에 지나지 않아 보였다—첫눈에 아주 매력적으로 느껴졌다. 그날 밤 기차가 역에 닿자 새뮤얼 데일리의 차가 기다리고 있었다. 내가 평생 타본 그 어느 차에도 뒤지지 않을 만큼 커다랗고 편안하고 번쩍번쩍하는 고급차였다. 차는 작은 역사에서 장이 서는 광장까지 텅 빈 도로 1.5킬로미터를 재빨리 내달려 기퍼드 암스 바로 앞에 멈추었다.

내가 내릴 준비를 하는데 그가 명함을 내밀었다.

"혹시 도움이 필요하거든……"

나는 감사 인사를 하면서도, 고인이 된 드래블로 부인의 일 처리를 도와줄 현지 중개인이 있을 것이고, 이곳에는 하루 이틀만 머물 예정이라 도움을 청할 일은 아마 없을 거라고 덧붙였다. 데일리 씨는 진지하게 나를 응시할 뿐 아무 대꾸도 없었다. 나는 무례하게 보이지 않으려고 명함을 조끼 주머니에 신중하게 넣었다. 그제야 그는 운전사에게 지시를 했고 차는 멀어져갔다.

"크라이신에서는 넘치는 정을 느낄 수 있을 겁니다"라던 그의 말은 사실로 입증되었다. 호텔 응접실에서 장작이 잔뜩 쌓인 벽난로와 바로 그 곁의 널찍한 안락의자를 보는 순간 나는 한결 기운이 났다. 더구나 호텔 꼭대기층에 자리한 가구를 꽤 잘 갖춘 침실에도 나를 위해 미리 불이 지펴져 있는 것을 보자 기분이 완전히 풀렸다. 고객의 장례식에 참석하고 고인과 관련된 지루한 사무를 처리하러 온 것이 아니라 휴가를 보내러 온 듯했다. 바람이 가라앉았는지, 아니면 시장이 서는 광장 주위의 건물들이 바람을 막아주는지 아무튼 잠잠했다. 여행의 불편함과 기이한 대화는 나쁜 꿈처럼 잊혀져갔다.

나는 벽난로 앞에 앉아 호텔 주인이 추천한 멀드 와인*을 마시며, 바bar로 이어지는 묵직한 문 너머에서 전해져오는 웅얼웅얼하는 소리에 귀를 기울였다. 직접 끓인 수프, 쇠고기 등심, 크림을 곁들인 사과와 건포도 파이, 스틸턴치즈로 이루어진 저녁 메

---

* 적포도주에 설탕, 레몬 껍질, 향신료 등을 넣어 따뜻하게 데운 술.

뉴를 호텔 안주인이 소개하자 입에 침이 고였다. 나는 음식을 기다리며 스텔라에게 짧은 편지를 썼다. 편지는 다음 날 아침에 부칠 생각이었다. 나는 음식을 배불리 먹으며 결혼 후 우리가 지낼 작은 집에 대해 생각했다. 벤틀리 씨가 계속 이런 식으로 나의 책임을 늘려준다면 연봉 인상을 부탁할 수도 있으니 좋은 집을 구할 수 있을 터였다.

식사를 하며 곁들인 적포도주 반 병까지 포함해 부족함이 없었고, 기분 좋은 만족감에 따스하게 싸여 나는 침실로 갈 준비를 했다.

"경매 때문에 오신 거죠." 호텔 주인이 잘 자라는 인사를 하려고 문가에서 기다리고 있다가 말했다.

"경매요?"

그는 놀란 표정이었다. "아, 경매 때문에 오신 줄 알았습니다. 여기 바로 남쪽의 농장 여러 개가 동시에 매물로 나왔거든요. 내일은 장이 서는 날이기도 하고요."

"경매는 어디서 열리나요?"

"바로 여기서요, 킵스 씨. 열한시에 바에서 열리지요. 기퍼드 암스에서 경매가 열리는 거야 흔한 일이지만 이런 대규모 경매는 몇 년 만이랍니다. 경매가 끝난 후 런치 타임이 시작되는데, 장이 서는 날에는 손님이 사십 명 정도 오지요. 하지만 내일은 좀더 많지 않을까 싶네요."

"안타깝게도 멋진 광경을 놓치게 되었네요. 시장 구경을 할 수 있으면 좋으련만."

"캐물으려던 것은 아니었습니다, 손님. 틀림없이 경매 때문에 오셨으리라고 생각했던 것뿐이에요."

"괜찮습니다. 그렇게 생각하신 것도 당연하죠. 그런데 내일 아침 열한시에 꼭 가야 할 곳이 있어서요. 장례식 때문에 왔거든요. 일 마시 하우스의 드래블로 부인인데, 혹시 아시나요?"

그의 얼굴에 뭔가가 어른거렸다…… 뭘까? 경계심? 의혹? 뭔지는 몰라도 망자의 이름이 뭔가 강렬한 감정을 불러일으킨 것은 확실한데, 그는 어떻게든 억누르려고 했다.

"네, 압니다." 그는 침착하게 말했다.

"저는 저희 로펌을 대표해 장례식에 참석해야 합니다. 고인을 뵌 적은 없지만, 은둔 생활을 하셨다고 들었습니다."

"거기서 살면 다른 수가 없었겠죠." 그가 느닷없이 바를 향해 돌아섰다. "그럼, 안녕히 주무십시오. 내일 아침 편한 시간에 내려오시면 언제든 식사를 준비하겠습니다." 그리고 그는 나를 혼자 두고 나갔다. 나는 그의 태도 때문에 호기심도 생기고 화도 나서 그를 소리쳐 부를까도 싶었다. 그가 도대체 왜 그랬는지 정확히 알아내볼까 생각한 것이다. 하지만 너무 피곤해서 관두기로 했다. 자체적으로 멜로드라마와 미스터리를 만들어내 공유하는 작은 외딴 마을에서 흔히 그러하듯, 사실이 터무니없이 왜곡된 것이겠거니 했다. 당시 나는 런던 사람이라는 우월감이 있었고 촌사람, 특히 벽지 주민은 우리 같은 코즈모폴리턴에 비해 미신적이고 어리석으며 단순하고 원시적이라고 믿었다는 점을 고백해야겠다. 으스스한 습지, 느닷없이 덮쳐오는 안개와 울부짖는 바람에 둘러싸여 외롭게 살다보면 어떤 늙은 여자라 하더라도 의심의 눈초리를 받기 십상이다. 급기야 어쩌다 마녀라는 낙인까지 찍혀 전설과 소문이 여태껏 나돌아 사람들이 터무니없는 이야기를 지금도 반쯤 믿고 있는 것이리라.

사실 데일리 씨와 호텔 주인은 지극히 상식적이고 현실적인 사람처럼 보였다. 드래블로 부인이라는 이름이 언급되었을 때 둘 다 침묵에 빠져 나를 살짝 이상할 만큼 응시한 것이 다였다. 하지만 그들이 하지 않은 말에 중차대한 뭔가가 있는 것이 분명했다.

가정식 음식으로 채운 배, 뭉근하게 지펴진 벽난로와 근사한 포도주가 선사한 기분 좋은 졸음, 폭신하고 부드러운 침대에 어서 들어오라고 유혹하듯 깔린 이불 덕분에 그날 밤 나는 이번 일을 즐기자고 생각했다. 여행에 지역의 색과 맛이 더해져 한층 재밌어지겠구나 생각하며 나는 더없이 평화롭게 잠이 들었다. 온기와 부드러움이 깃든 방에서 마음 푹 놓고 행복해하는 아이처럼 포근한 잠의 품에 스르르 안기던 순간이 지금도 생생히 기억난다. 다음 날 아침 눈을 뜰 때도 나는 비스듬한 하얀 천장에서 노니는 겨울 햇살을 바라보며 몸과 마음에 가득 찬 활기와 편안함과 기쁨을 만끽했다. 이토록 기억이 생생한 것은 어쩌면 그후에 일어난 사건과의 대비 때문인지도 모른다. 그것이 마지막으로 맛본 단잠이고, 이후로는 공포와 피곤과 고통에 찌든 밤이 이어지리라는 것을 알았더라면 그렇게 빨리 침대에서 일어나 아래층으로 내려가서 아침을 먹고 밖으로 나가 하루를 시작하고 싶지는 않았으리라.

심지어 노년에 이른 지금도 사랑하는 아내 에즈메와 아늑한 멍크스 피스에서 누구나 부러워할 행복과 평화를 누리며, 마침내 모두 끝났고 그런 일은 이제 두 번 다시 일어나지 않으리라, 일어날 수 없으리라는 점에 대해 밤마다 하느님께 감사드리고 있지만, 크라이신 기퍼드에서의 첫날 밤처럼 단잠을 잔 적은 한 번도 없다. 당시 나는 순수한 상태였고, 한번 잃은 순수는 되찾을 수 없기 때문이리라.

꽃무늬 커튼을 걷자 방을 가득 채운 환한 햇살이 아침 일찍 잠깐 다녀가는 손님은 아님을 알 수 있었다. 런던의 안개와 전날 저녁의 비바람과는 완전히 다른 날씨였다. 데일리 씨가 자신있게 예측했던 그대로였다.

기가 막힌 아침을 먹고 나서 기퍼드 암스에서 나오자 11월 초 잉글랜드의 추운 외딴 벽지이긴 해도 검은지빠귀의 알처럼 새파란 하늘 아래 습기라고는 없이 맑고 깨끗한 대기가 느껴졌다. 다소 소박한 회색 점판암과 돌로 지은 나지막한 건물들이 소읍의 대부분을 이루며 옹기종기 서로 마주 보고 있었다. 나는 이리저리 거닐다 그곳의 특징을 알아차렸다. 시장이 서는 작은 광장에서 수많은 작은 길들이 온갖 방향으로 뻗어 있었는데, 호텔은 바로 그 광장에 면해 있었다. 지금은 가판대와 작은 우리와 마차와 수레로 가득 찬 광장이 장날 준비로 분주했다. 사방에서 사람들이 임시 울타리를 박고, 가판대 위로 천막을 치고, 자갈길을 따라 수레를 끌며 서로 외쳐댔다. 목적의식이 뚜렷한 활기찬 광경을 보노라니 나까지 흥이 났다. 나는 신나게 시장 구경을 했다. 하지만 광장에서 벗어나 골목길로 접어들자마자 다른 소리는 모두 사라지고 조용한 집들 사이로 걷는 내 발소리만 들렸다. 어느 길이든 눈곱만큼도 비탈진 곳 없이 평탄하게 뻗어 있었다. 크라이신 기퍼드는 완전한 평지였다. 좁은 길이 끝나는 곳에 이르자 갑자기 탁 트인 벌판이 나타났다. 들판은 저 멀리 흐릿한 지평선까지 끝도 없이 이어졌다. 그제야 나는 이곳이 바람을 등지고 있다는 데일리 씨의 말을 이해했다. 실제로 이쪽에서 돌아보니 보이는 것이라고는 집과 상점의 뒷벽과, 광장의 공공건물뿐이었다.

가을 햇살에는 따사로운 기운이 살며시 묻어났다. 나무는 몇 그루 안 되었는데, 모두 세찬 바람에 살짝 휜 채 가지 끝에 적갈색과 황금색 잎을 서너 장 매달고 있었다. 비가 오거나 안개가 끼는 습한 날씨에는 이곳이 얼마나 황량하고 을씨년스러운 잿빛으로 변할지 상상이 되었다. 강풍이 몇 날 며칠을 탁 트인 평원을 가로질러 몰아쳐오면 얼마나 황폐하고 초라해질지, 눈보라가 치면 얼마나 철저히 고립될지 눈에 선했다. 그날 아침 나는 지도에서 다시 크라이신 기퍼드를 찾아보았다. 북쪽과 남쪽과 서쪽이 몇 킬로미터나 텅 비어 있었다. 얼마나 큰지는 몰라도 가장 가까운 도시인 호머비까지는 20킬로미터 거리였고, 남쪽의 꽤 큰 읍까지는 48킬로미터, 다른 마을로 가려고 해도 11킬로미터는 될 터였다. 동쪽에는 오직 습지와 강어귀와 바다뿐이었다. 하루 이틀은 몰라도 그 이상 지내기는 어려워 보였다. 하지만 다시 시장 쪽으로 발길을 돌리자 화창한 날씨와 매혹적인 광경에 집에 온 듯 만족감이 밀려들었다.

호텔로 돌아가니, 내가 없는 사이 제롬 씨가 남겨둔 메모가 있었다. 그는 드래블로 부인의 부동산 관련 업무를 처리해주던 중개업자로, 장례식에 함께 가기로 되어 있었다. 10시 40분에 다시

와서 나를 교회에 데려다주겠다는 내용이 격식과 예절을 갖춘 문장으로 적혀 있었다. 나는 비는 시간 동안 기퍼드 암스의 응접실 창가에 앉아 일간지를 읽거나, 장이 서는 풍경을 구경했다. 아마도 경매 때문인 듯 호텔에서도 이런저런 분주함이 느껴졌다. 주방문이 이따금 활짝 열리며 고기와 빵과 파이와 페이스트리와 케이크 냄새가 진하게 퍼져나왔고, 식당에서는 그릇이 달그락거리는 소리가 들려왔다. 10시 15분이 되자 튼튼하고 부유해 보이는 트위드 양복 차림의 농부들이 인도를 메우고는 큰 소리로 인사를 나누고, 악수를 하고, 뭔가를 의논하며 격하게 고개를 끄덕였다.

짙은 색 양복과 코트에다 검은 완장과 넥타이, 손에 검은 모자를 든 차림으로 이곳을 떠나야 한다니, 나는 애석하기 짝이 없었다. 제롬 씨가 도착했을 때는 나와 마찬가지로 칙칙한 차림인지라 쉽게 알아볼 수 있었다. 우리는 악수를 하고 거리로 나갔다. 색채와 활기가 넘실대는 광경을 바라보며 잠시 서 있자니 활기찬 축제에 끼어든 유령이 된 듯했다. 평상복이나 시골풍 옷차림의 사람들 사이에서 우리는 우울한 갈까마귀 두 마리처럼 보일 터였다. 실제로 우리를 보는 누구나 그렇게 생각하는 듯했다. 우리가 광장을 지나가자 사람들은 이야기를 하다 말고 입을 다물고 뻣뻣이 굳더니 불편한 기색으로 힐끔거리며 살짝 뒤로 물러섰다. 나는 따돌림이라도 당한 양 슬퍼졌다. 마침내 광장을 벗어나, 제롬 씨의 말에 따르면 교구교회로 곧장 이어진다는 조용한 거리로 들어서자 안심이 되었다.

그는 대단히 키가 작았다. 기껏해야 157이나 8센티미터로 보였다. 머리는 기이할 만큼 둥글었고, 마치 램프갓 끝에 달린 장식용 술처럼 뒤통수 가장자리에만 연한 적갈색 머리카락이 남아 있었다. 서른다섯 살로도, 쉰일곱 살로도 보이는 외모였다. 격식을 차린 밋밋한 태도에다, 성격이나 기분이나 생각을 전혀 드러내지 않는 무표정한 얼굴. 정중했으나 사무적이었고, 나와 얘기를 나눠도 싹싹하지는 않았다. 그는 기차 여행은 어땠는지, 기퍼드 암스는 편안한지, 벤틀리 씨와 런던 날씨는 어떤지 물었다. 그리고 장례식을 주관할 성직자의 이름을 알려주고, 드래블로 부인이 읍내와 근방에 소유하고 있던 대여섯 군데의 부동산에 대해 설명해주었다. 하지만 새롭거나 개인적이거나 흥미로운 이야기는 일절 없었다.

"교회 묘지에 안장되시겠죠?" 내가 물었다.

제롬 씨가 나를 흘긋 보았다. 눈이 퉁방울처럼 살짝 튀어나온 데다 눈동자도 푸른색과 회색 사이의 연한 빛깔이라 갈매기 알이 떠올랐다.

"네, 그렇습니다."

"가족묘가 있습니까?"

그가 잠시 침묵하더니 나를 다시 유심히 살폈다. 질문에 숨은 의도가 있는 건 아닌지 살피는 듯했다. 그러다 그가 말했다. "아뇨. 적어도…… 여기, 이 교회에는 없습니다."

"다른 곳에 있습니까?"

"그게…… 더는 쓰지 않습니다." 그는 신중하게 숙고하고는 말을 이었다. "그곳은 적합하지 않거든요."

"잘 이해가 안 되는데요……"

바로 그 순간 교회가 보였다. 양쪽의 주목나무 두 그루가 가지를 드리운 연철대문을 지나니 특이할 만큼 길고 곧은 길이 뻗어 있었다. 길 양쪽으로 묘비들이 늘어서 있고, 왼쪽에는 건물들이 자리잡고 있었다. 교회 부속건물 같았는데, 교회에서 가장 가까운 건물은 벽 높은 곳에 종이 달려 있고 안에서 아이들 소리가 들리는 것으로 보아 학교인 듯했다.

나는 드래블로 가족과 가족묘에 대한 호기심을 억누르고는, 제롬 씨처럼 사무적인 애도의 표정을 띤 채 신중한 걸음으로 교회 입구로 향했다. 단둘이 기다리는, 길게만 느껴지는 오 분이 지나자 영구차가 문 앞에 들어섰다. 교회에서 교구목사가 나와 옆에 섰다. 우리 셋은 드래블로 부인의 관을 짊어지고 느릿느릿 다가오는 장의사 직원들을 바라보았다.

참으로 보잘것없고 우울한 장례식이었다. 추운 교회 안에는 사람이 몇 없었다. 이 세상에 태어나 어린 시절을 보내고 어른이 되어 기나긴 삶을 살다 간 사람의 마지막 순간을 혈육이나 친구도 없이 업무상 연결된 두 사람과 그 둘보다 훨씬 더 삭막한 업무를 위해 참석한 몇 명만이 지켜보고 있다는 생각이 다시금 들며 부르르 몸이 떨렸다. 게다가 이 중 한 명은 살아생전 그 여인을 한 번도 본 적이 없었다.

하지만 장례식이 끝날 무렵 뒤에서 살짝 바스락대는 소리가 들렸다. 나는 조심스레 몸을 반쯤 틀어 힐끗 뒤돌아보았다. 장례식이 시작되고 나서 소리없이 들어왔는지 몇 줄 뒤에 웬 여인이 꼿꼿이 서 있었다. 기도서는 들고 있지 않았다. 왕실에서도 가장 격식 있는 행사에서나 입을 법한 구식 스타일로 완전히 시커멓게 감싼 상복 차림이었다. 검은색이 살짝 바랜 것이 아무래도 케케묵은 트렁크나 옷장에서 꺼내온 모양이었다. 보닛 비슷한 모자를 쓰고 있어 얼굴에 그림자가 드리웠지만, 힐끗 보기만 해도 뭔가 끔찍한 병에 시달리고 있다는 것을 알 수 있었다. 안 그래도 파리한데 시커먼 옷과 대조되어 더욱 창백해 보였을 뿐만 아니라, 뼈를 팽팽히 덮은 얇디얇은 피부에 희푸르스름한 빛이 돌고, 눈은 시커멓게 푹 꺼져 있었다. 앞쪽 신도석 위에 놓인 손도 마찬가지였다. 마치 오래 굶주린 사람 같았다. 나는 의학 전문가는 아니었지만 저렇게 끔찍하게 살이 빠지는 소모성 질환들에 대해 들은 바가 있어 대개가 불치병임을 알고 있었다. 그녀 자신도 죽음을 앞둔 처지면서 다른 이의 장례식에 오기 위해 힘겹게 몸을 움직였을 것을 생각하니 가슴이 저몄다. 나이가 많은 것 같지도 않았다. 질병 때문에 나이를 짐작하기 힘들었지만 서른은 넘지 않았을 듯했다. 장례식이 끝난 후 꼭 그녀에게 말을 걸어 혹시 도움이 필요하진 않은지 확인해야겠다고 다짐하며 나는 다시 몸을 바로했다. 하지만 교구목사와 관을 따라 교회에서 나갈 채비를 하는데 바스락대는 옷자락 소리가 또다시 났다. 미지의 여인이 이미 재빨리 나가버린 것이었다. 그녀는 구덩이가 파인 무덤에서 몇 미터 떨어진, 이끼로 뒤덮인 비석에 살짝 기대서 있었다. 햇살이 맑고 상대적으로 따뜻하고 화창한 야외에서 그녀는 더욱 애처로워 보였다. 병 때문에 수척하고 파리해진 모습을 빤히 보는 것은 예의가 아닐 터였다. 과거에 상당했을 미모가 희미하게나마 남아 있었다. 끔찍한 화상을 입거나 천연두에 걸린 사람처럼 그녀 역시 지금의 상황을 더욱 예민하게 느낄 것이었다.

하지만 따뜻한 마음씨와 친절과 용기와 이타심이 반드시 보상받고 인정받으리라는 것을, 물론 교회에서 방금 전 들은 설교에 일말의 진실이 있을 때 얘기지만, 저 여인만큼 확고하고도 열렬히 믿는 이가 또 누가 있겠는가?

나는 그녀에게서 시선을 돌려 구덩이로 내려가고 있는 관을 바라보다가 느닷없이 염려가 밀려들어 고개를 숙이고 저 고독한 늙은 여인의 영혼을 위해 기도하고는, 여기 모인 사람들에게 축복을 내려달라고 빌었다.

다시 고개를 드는데 1미터쯤 떨어진 호랑가시나무 덤불에서 검은지빠귀 한 마리가 입을 활짝 벌리고는 11월의 햇살 속으로 노래를 반짝이는 분수처럼 뿜어내고 있었다. 이윽고 장례식이 끝나자 우리는 묘지에서 나왔다. 나는 환자인 듯한 여인을 기다리다가 부축해줄 셈으로 제롬 씨보다 한 걸음 뒤처져 걸었다. 하지만 그녀의 모습은 어디에도 보이지 않았다.

내가 기도를 하고 교구목사가 예배를 마무리하는 사이에 여인은 우리를 방해하거나 괜한 관심을 끌기 싫어서 올 때처럼 조용히 떠난 모양이었다.

교회 정문에서 우리는 잠시 서서 정중하게 이야기를 나누고 악수를 했다. 나는 무심코 주위를 둘러보다가 맑고 화창한 날씨 덕분에 교회와 묘지 너머까지 훤히 보인다는 사실을 알아차렸다. 탁 트인 습지와, 은빛으로 반짝이는 강어귀와, 심지어 더 강렬히 빛나는 수평선과, 바로 그 위에서 희미하게 어른대는 거의 새하얀 하늘.

교회의 다른 쪽을 보자 뭔가가 시선을 끌었다. 학교의 좁은 아스팔트 마당을 둘러싼 철책을 따라 스무 명 남짓한 아이들이 간격을 두고 늘어서 있었다. 눈이 크고 둥근데다 파리하고 침통한 얼굴들이었다. 얼마나 많은 장례식을 보았을지 그 누가 알겠는가. 자그마한 손으로 철책을 꼭 쥔 그들은 하나같이 아무 말도, 움직임도 없었다. 태평하고 활기찬 여느 아이들과는 너무나 다른, 기이하게 엄숙하고 가슴 아픈 광경이었다. 그중 한 명과 눈이 마주친 나는 살짝 웃어주었다. 아이는 전혀 반응이 없었다.

돌아보니 제롬 씨가 길에서 정중하게 나를 기다리고 있어서 재빨리 쫓아갔다.

"그 여자분은……" 그의 곁에 이르러 내가 말했다. "집으로 무사히 돌아가셨어야 할 텐데…… 건강이 무척 안 좋아 보이던데, 누구시죠?"

그가 얼굴을 찌푸렸다.

"몹시 수척한 젊은 여자분 말입니다. 교회에서 우리 뒤쪽에 있다가, 묘지에서는 몇 미터쯤 떨어져 있었지요."

제롬 씨가 우뚝 멈춰 섰다. 그리고 뚫어져라 나를 응시했다.

"젊은 여자요?"

"네. 뼈밖에 안 남아서 차마 볼 수도 없더군요…… 키가 크고, 보닛 비슷한 모자를 쓰고 있었는데…… 얼굴을 안 드러내려고 그런 모자를 쓴 거겠죠. 정말 안됐네요."

햇볕이 내리쬐는 조용하고 텅 빈 길에 몇 초간 침묵이 내려앉았다. 다시 교회 안으로 돌아온 듯한 깊은 침묵에 맥박 소리가 다 들릴 정도였다. 파리하게 질린 제롬 씨는 얼어붙어 말을 할 수 없는 양 목을 움찔거렸다.

"어디 불편하십니까?" 나는 재빨리 물었다. "안색이 무척 안 좋아 보입니다."

마침내 그는 가까스로 고개를 저었다. 아니, 입가가 파랗게 변할 만큼 큰 충격을 받고는 여전히 창백하게 질린 채 정신을 차리려고 분투하느라 온몸을 흔들었다고 말하는 편이 더 정확하리라.

마침내 그가 나지막이 말했다. "젊은 여자는 못 봤습니다."

"하지만 아까……" 나는 어깨 너머로 교회 묘지를 돌아보았다. 그 여자가 다시 와 있었다. 검은 상복과 보닛 모양이 언뜻 보였다. 그녀는 먼저 떠났던 게 아니라, 덤불이나 비석 뒤 또는 교회 그림자 속에 숨어 우리가 가고 난 뒤 고인을 추모할 수 있기를 기다린 모양이었다. 이제 그녀는 방금 드래블로 부인의 시신이 안치된 곳을 내려다보며 무덤 가장자리에 서 있었다. 저렇게 은밀히 찾아와 애도하다니 대체 무슨 사연이 있으며 고인과 무슨 사이인지 새삼 궁금한 동시에, 외로이 서 있는 저 여인의 심정이 얼마나 애통할지 걱정스러웠다. "저기요." 나는 손으로 가리켰다. "저기 다시 나타났네요…… 우리가……" 제롬 씨가 내 손목을 아플 만큼 꽉 쥐는 바람에 나는 말을 멈추고 그를 바라보았다. 그는 기절하거나 발작 같은 것을 일으켜 쓰러질 듯했다. 나는 텅 빈 길을 두리번대며 어떻게 해야 할지, 어디에 도움을 청해야 할지 궁리했다. 장의사 직원들은 떠나고 없었다. 뒤쪽에는 어린아이 한 무리와 중병에 걸린데다 감정적으로나 육체적으로 극심한 스트레스를 받고 있을 젊은 여자밖에 없는데, 내 곁에서 한 남자가 거의 쓰러지기 일보 직전이었다. 그나마 의지할 사람은 교회 어딘가에서 쉬고 있을 교구목사뿐이었다. 하지만 성직자를 불러오려면 제롬 씨를 홀로 두어야 했다.

"제롬 씨, 제 팔 잡으세요…… 손을 조금만 느슨하게 풀어주면 정말 감사할 텐데…… 몇 걸음만 걸으면 교회로 돌아갈 수…… 저기 길에 벤치가 있네요. 정문 바로 안쪽에요. 저기 앉아서 쉬고 계시는 동안 제가 사람을…… 아니, 차를 부르……"

"안 돼요!" 그가 거의 비명을 지르다시피 했다.

"하지만 어찌!"

"아니, 죄송합니다만……" 그가 심호흡을 하자 안색이 어느 정도 돌아왔다. "정말 죄송합니다. 아무것도 아닙니다…… 잠시 어지러웠는데…… 지금 바로 제 사무실까지 절 데려다주시기만 하면 될 겁니다. 광장에서 지척인 펜 거리에 있답니다."

그는 이제 불안해하며 어서 교회에서 벗어나고 싶은 듯했다.

"정말 괜찮으……"

"그럼요. 어서 갑시다……" 그가 앞장서서 재빨리 걸어갔다. 어찌나 잽싼지 나는 화들짝 놀라 몇 걸음 뛰어 따라잡아야 했다. 장이 완전히 들어서서 요란해진 광장으로 돌아가는 데 채 몇 분도 걸리지 않았다. 우리는 대번에 경매인과 노점상과 손님들의 왁자지껄한 고함과 자동차 경적에 휩싸였다. 양, 닭과 오리, 나귀와 말 등 가축 수십 마리가 울어댔다. 그런 풍경과 소리를 접하자마자 제롬 씨의 표정은 한결 편해졌다. 기퍼드 암스의 현관에 이르렀을 때 그는 크게 안도했고 쾌활하게까지 보였다.

"나중에 함께 일 마시 하우스에 가지요." 나는 점심을 같이 먹자고 권했다가 거절당한 후 그렇게 말했다.

그의 얼굴이 다시 굳어졌다. "아뇨. 저는 거기에 가지 않을 겁니다. 한시가 지나면 언제든 그리로 건너갈 수 있습니다. 케퀵이 데리러 올 겁니다. 그곳을 늘 오가는 사람이지요. 열쇠는 갖고 계시죠?"

나는 고개를 끄덕였다.

"오늘 드래블로 부인의 서류를 살펴보고 정리하긴 하겠지만, 아무래도 내일 다시 가야 할 듯합니다. 어쩌면 모레도 가야 할지 모르고요. 케퀵 씨가 아침 일찍 데려다주면 제가 종일 그곳에서 일해도 괜찮을까요? 그곳 상황을 빨리 정리해야 할 텐데.”

“조수 시간에 맞춰 움직여야 합니다. 케퀵이 알려줄 거예요.”

“아니면.” 내가 말했다. “예상보다 오래 걸릴 것 같으면 그냥 그 집에 머물러도 괜찮을까요? 누군가 반대할 사람이 있습니까? 케퀵 씨가 저 때문에 자꾸 오가야 하면 아무래도 미안해서요.”

제롬 씨가 신중하게 말했다. “그냥 여기 머무는 편이 더 편하실 겁니다.”

“네, 확실히 좋은 호텔입니다. 음식도 일류급이고요. 그렇게 하는 편이 나을 것 같네요.”

“제 생각도 그렇습니다.”

“그래도 괜히 다른 사람한테 폐를 끼치고 싶지는 않은데요.”

“케퀵 씨가 기꺼이 도움을 드릴 겁니다.”

“잘됐군요.”

“의사소통이 좀 어렵긴 하지만요.”

나는 빙그레 웃었다. “아, 이제 저도 제법 익숙해지고 있답니다.” 제롬 씨와 악수를 하고 나는 사십여 명의 농부들과 함께 점심을 먹었다.

유쾌하고 떠들썩한 시간이었다. 기다란 흰 식탁보가 덮인 시골풍 탁자 세 개에 모두 둘러앉아 사방에 대고 시장 이야기를 서로 떠들어대는 동안, 여종업원 여섯 명이 쇠고기, 돼지고기, 수

프, 야채, 그레이비소스, 에일 맥주 등을 한 번에 십여 개씩 커다란 쟁반에 담아 이리저리 오갔다. 나는 아는 사람 하나 없는데다 트위드와 코르덴 옷 차림 사이에서 장례식 복장으로 있자니 약간은 위화감이 들었지만 그럼에도 대단히 즐거운 시간을 보냈다. 아침에 겪었던 다소 불안한 사건과 지금의 유쾌한 상황의 극명한 대비도 한몫했던 것이리라. 대화의 상당 부분이 외국어인 양 생소해서 무게와 가격, 수확과 번식에 대한 얘기라는 것만 겨우 알아들었다. 하지만 그런 대화를 듣는 것도 멋진 점심만큼이나 마음에 들었다. 내 왼쪽에 앉은 사람이 커다란 체셔치즈를 건네며 마음껏 먹으라고 해서 나는 오전에 이곳에서 열렸던 경매에 대해 물었다. 그는 얼굴을 찡그렸다.

"뭐, 예상대로 됐지요. 그 땅에 관심 있었소?"

"아니요. 그저 어젯밤에 호텔 주인한테 경매 이야기를 들었거든요. 꽤 중요한 물건이 나왔다던데요."

"아주 큰 덩어리가 나왔다오. 크라이신의 호머비 쪽 땅의 반에다 동쪽으로도 몇 킬로미터가 뻗어 있으니. 농장 네 개가 있던 자리였어요."

"아주 가치 있는 땅인가요?"

"꽤 그렇지요. 이 동네에서는요. 온통 습지에다 염분 천지거나 물이 잘 빠지지 않는 땅투성이인 지역에서 좋은 경작지는 무척 가치가 있어요. 단 한 뼘이라도 말이오. 오늘 아침 여기서 실망한 사람이 한둘이 아니라오."

"어르신도 실망하셨나보지요?"

"나요? 아뇨. 나는 내가 가진 것에 만족합니다. 그렇지 않다 해도 별수 없지만요. 땅을 살 돈이 없으니. 게다가 그 사람이랑은 경쟁하지 않는 게 낫다는 걸 알 만큼은 지각이 있다오."

"땅을 산 사람 말인가요?"

"그래요."

나는 그의 시선을 좇아 다른 탁자를 바라보았다. "아! 데일리 씨 말이군요." 다른 탁자 끝에는 전날 밤 함께 기차를 타고 온 남자가 커다란 맥주잔을 든 채 만족스러운 얼굴로 주위를 둘러보고 있었다.

"아는 사이요?"

"아뇨, 그저 잠깐 만났을 뿐입니다. 이 지역의 대지주인가봐요?"

"그렇다오."

"그래서 싫으신가보군요?"

그는 떡 벌어진 어깨를 으쓱할 뿐 대꾸하지 않았다.

"저 사람이 이 고장 땅 절반을 사들이고 있다면 올해가 가기 전에 사업상 만나게 될지도 모르겠군요. 일 마시 하우스에 살다 돌아가신 앨리스 드래블로 부인의 부동산 처분을 맡은 변호사가 바로 저거든요. 그분의 전 재산이 조만간 매물로 나올 가능성이 무척 큽니다."

옆사람은 한동안 아무 말도 않고서 두꺼운 빵에 버터를 바르고 조심조심 치즈 덩이를 얹었다. 나는 맞은편 벽의 시계를 보고 1시 30분임을 깨닫고는 케퀵 씨가 오기 전에 옷을 갈아입기로 했다. 그래서 양해를 구하고 자리에서 일어서려는데 옆사람이 신중한 어조로 말했다. "아무리 새뮤얼 데일리라고 해도 거기 땅까지 살지는 모르겠군요."

"무슨 말씀이신지…… 드래블로 부인의 토지 보유 내역을 아직 살펴보지는 않았지만, 읍내에서 좀 떨어진 곳에 농장이 하나 있는 걸로 아는데……"

"호기츠 말이군!" 그가 무시하듯 말했다. "이십 헥타르 중에 절반은 거의 일 년 내내 물에 잠겨 있어요. 형편없는 땅인데, 그마저도 평생 임차권에 묶여 있으니."

"일 마시 하우스와 주변 토지도 있고요. 농장으로 개간할 수 있지 않을까요?"

"불가능해요."

"어쩌면 데일리 씨가 그저 자신의 제국을 좀더 늘리고 싶어할 수도 있잖을까요? 그냥 거기도 내 땅이라고 말하려고요. 그런 걸 좋아하는 분인 듯싶은데요."

"그럴 수도 있겠죠." 그가 냅킨으로 입가를 닦았다. "하지만 그 땅은 아무도 사려고 하지 않을 겁니다. 데일리 씨조차 괜히 엮이고 싶어하지 않을 것 같군요."

"이유를 물어봐도 괜찮을까요?"

나는 다소 날카롭게 말했다. 드래블로 부인과 그녀의 부동산에 대해 언급할 때마다 다 큰 남자들이 알 듯 모를 듯 중얼거리며 넌지시 무언가를 암시하는 데 슬슬 짜증이 났던 것이다. 미신과 헛소리가 난무하는 나머지 상식마저 무너져버린 곳이라는 내 짐작이 옳았다. 이제 나는 그래도 다른 측면에서는 건실하기 이를 데 없을 왼쪽의 농부가 이유를 말해주겠다거나 아니면 안 되겠다거나 마음을 정하는 대로 무슨 이야기를 해주리라 예상했다…… 하지만 그는 내 질문에 아무 대답도 하지 않고 나를 외면하곤 농작물에 대한 복잡한 토론에 끼어들었다. 나는 이제는 익숙해져버린 미스터리와 헛소리에 분개하며 벌떡 일어나 식당을 떠났다. 십 분 후 장례식 복장을 벗고 보다 편하면서도 격식을 덜 차린 옷으로 갈아입은 나는 인도에 서서 케퀵이라는 사람이 몰고 올 차를 기다리고 있었다.

5
습지를 건너다

차는 보이지 않았다. 대신 기퍼드 암스 앞에 나타난 것은 다소 낡고 허름한 이륜마차와 조랑말이었다. 시장과 완전히 동떨어진 광경은 아니었다. 그날 아침 그런 마차를 숱하게 보았던 나는 농부나 목축업자겠거니 무시하고는 자동차를 찾아 주위를 두리번거렸다. 그런데 누가 내 이름을 외치는 것이 아닌가.

눈가리개를 한 조랑말은 자그마하고 털이 텁수룩했으며, 커다란 모자를 눈썹까지 눌러쓴 마부는 긴 갈색 털코트와 하나가 된 듯한 모습에다 마차 자체와 잘 구분이 되지 않았다. 그 풍경에 유쾌해진 나는 어서 타보고 싶은 마음에 얼른 마차에 올랐다. 케쿼은 나를 보지도 않고 그저 내가 자리에 앉았을 거라 짐작하고는 혀를 차 조랑말을 출발시켰다. 그는 북적대는 장터를 요리조리 빠져나가 교회로 이어지는 길로 들어섰다. 교회를 지날 때 나는 드래블로 부인의 무덤을 보려 했지만 덤불에 가려 보이지 않았다. 몹시 병약해 보이던 고독한 젊은 여자와 그녀의 이야기를 들은 제롬 씨의 반응도 떠올랐다. 하지만 몇 분 후에는 지금 이 순간과 주변의 경치에 완전히 사로잡혀 장례식과 그후의 일은 더이상 신경 쓰지 않았다. 자족적인 작은 읍 크라이신 기퍼드를 벗어나 탁 트인 평원으로 나왔던 것이다. 사방으로 보이는 것이라고는 하늘과 가느다란 띠 같은 땅뿐이었다. 위대한 풍경화가들이 네덜란드나 노리치*를 볼 때와 같은 시선으로 나는 그곳을 바라보았다. 하늘에는 구름 한 점 없었지만, 비바람을 품은 잿빛 먹구름이 강어귀 위로 낮게 질주하면 저 웅장한 하늘이 얼마나 음울하고 장대할지 상상이 갔다. 2월의 비에 잠긴 습지는 철흑색으로 변해 하늘의 그림자를 담을 것이고, 3월의 세찬 강풍에 빛이 물결칠 때면 쟁기로 갈아놓은 들판 위로 그림자가 그림자를 쫓을 터였다.

하지만 이날은 어디를 보든 맑고 화창했다. 엷긴 했지만 가느다란 햇살이 두루두루 쏟아졌으며, 아침의 새파란 빛깔을 잃은 하늘은 거의 은빛으로 반짝였다. 완전히 평평한 들판을 마차가

* 영국 잉글랜드 노퍽 주의 구와 시.

힘차게 나아가는 동안 나무 한 그루 보이지 않았지만, 짙은 잔가지가 무성한 산울타리가 나지막이 이어져 있고 쟁기질로 고랑이 곧게 파인 땅은 처음에는 회색이 섞인 짙은 갈색이었다가, 차츰차츰 흙 대신 거친 잡초가 보이며 물이 들어찬 배수로가 눈에 띄었다. 습지가 점점 가까워오고 있었다. 11월의 하늘 아래 습지는 소리없이 고요히 반짝이고 있었다. 마치 끝 간 데 없이 뻗어 있는 듯, 경계 없이 강어귀와 수평선으로 곧장 이어지는 듯 보였다.

광활한 무無의 놀랍고도 순수한 아름다움에 머리가 빙그르르 돌았다. 머리 위와 양옆으로 무한히 뻗은 듯한 광대한 하늘에 심장이 마구 요동쳐댔다. 이 같은 풍경을 볼 수만 있다면 기꺼이 2000킬로미터라도 여행할 수 있으리라. 세상에 이런 곳이 있을 줄은 상상도 못 했었다.

조랑말의 말발굽 소리와 바퀴의 덜컹거림과 이륜마차의 삐걱임 외에 들리는 소리라고는 가깝거나 먼 곳에서 느닷없이 거칠게 우짖는 새들의 기이한 쇳소리뿐이었다. 5킬로미터쯤 가는 동안 농장이나 오두막이나 그 어떤 건물도 없이 그저 텅 비어 있었다. 그러다 산울타리가 점점 가늘어지더니 세상의 끝에 다다른 것만 같은 풍경이 나타났다. 저 앞에서 바다가 금속처럼 반짝였는데, 배가 물 위를 가로지르며 남겨놓은 띠 같은 것이 뻗어 있었다. 점점 다가가자 마차 양옆의 물결무늬 진 모래 위로 얕은 물이 남실거렸고, 그 띠가 사실상 강어귀로 곧장 이어지듯 뻗은 길임을 알 수 있었다. 마차가 길에 들어서자 나는 이 길이 바로 그 이름에 걸맞은 나인 라이브스 코즈웨이이며, 밀물이 들면 삽시간에 물속으로 가라앉아 보이지 않으리라는 것을 깨달았다.

먼저 조랑말이, 그리고 마차가 모랫길에 들어서자 그동안 이어져오던 근사한 소리가 뚝 그쳤다. 부드러운 쉬이쉬이 소리 외에는 거의 정적뿐이었다. 뼈처럼 파리하게 탈색되어 군락을 이룬 갈대들이 여기저기서 이따금 부는 듯 마는 듯한 바람에 바스락바스락 메마른 소리를 냈다. 우리 등뒤의 태양이 바다로 내뿜은 빛에 사방이 거울인 양 반짝반짝 빛났다. 희미한 분홍빛을 머금은 하늘 가장자리가 습지와 바다에 반사되었다. 그 광경을 바라보다 눈이 부셔 고개를 든 나는 물 위에 우뚝 솟은 듯한 회색 건물을 발견했다. 높다란 석벽 위에 점판암으로 지붕을 얹은 집은 황량하기 이를 데 없었으며, 햇살을 받아 강철빛으로 번득였다. 드넓은 습지와 강어귀를 마주하고 있는 모습이 마치 등대나 봉수대나 포탑처럼 보였다. 이렇게 기이한 장소에 세워진 집을 나는 본 적도, 감히 상상한 적도 없었다. 외롭고 독선적이면서도 멋스럽게 느껴졌다. 점점 다가가자 집이 서 있는 땅이 보였다. 사방을 에워싼 수면에서 3,400미터 솟아오른 나지막한 언덕은 소금기에 바랜 풀과 자갈과 평지로 이루어져 있었다. 그 작은 섬은 덤불과 들판을 지나 남쪽으로 뻗어 있었는데, 그 끝에는 오래된 교회나 예배당이 무너지고 남은 듯한 폐허가 있었다.

마차가 돌길에 들어서며 거칠게 부딪치는 소리가 나더니 말이 멈추었다. 일 마시 하우스에 도착한 것이었다.

한동안 경탄을 금치 못하며 주위를 둘러보느라 나는 마차에서 내릴 생각도 못 했다. 습지를 가로지르는 겨울바람의 아스라한 애가哀歌와 보이지 않는 새의 느닷없는 울음 외에는 아무 소리도 들리지 않았다. 흥분과 불안이 뒤섞인 기이한 기분…… 정확히 어떻게 설명해야 할지 모르겠다. 고독했다. 말이 없는 케쿽과 털이 텁수룩한 갈색 조랑말이 바로 곁에 있는데도 황량한 텅 빈 집 앞에 있자니 고독감이 엄습했다. 하지만 두렵지는 않았다. 이토록 아름답고 보기 드문 장소에서 무엇을 두려워한단 말인가. 바람을? 울부짖는 습지의 새를? 갈대와 고요한 물을?

마차에서 내린 나는 빙 돌아 마부에게로 갔다.

"저 길은 언제 물에 잠기나요?"

"다섯시요."

그가 나를 다시 데리러 올 때까지는 주위를 둘러보고 집 안을 살피고 서류를 약간 뒤적거리다 끝날 터였다. 그렇게 빨리 이곳을 떠나고 싶지 않았다. 이 장소의 매력에 사로잡힌 나는 케쿽이

어서 가버려서 나 혼자 마음껏 느긋하게 거닐며 온 감각을 다해 이곳을 만끽해보고 싶었다. 나는 갑작스럽게 결정을 내렸다. "있죠, 나를 데려다주고 데리러 오느라 하루에 두 번씩 여길 왕복하자면 불편하실 겁니다. 짐과 음식과 물을 챙겨와 이틀 동안 여기서 지내는 편이 좋지 않을까 싶군요. 그러면 저도 효율적으로 일을 처리하고, 케퀵 씨도 수고를 덜 테니까요. 오늘 오후 늦게 함께 돌아갔다가 썰물 때에 맞춰 내일 최대한 이른 시간에 나를 다시 여기로 데려다줄 수 있습니까?"

나는 기다렸다. 그가 온갖 어두운 암시를 은근슬쩍 드러내며 반대하거나 단념시키거나 막으려 들지 않을까 싶었다. 그는 한동안 생각에 잠겼다. 하지만 결국에는 나의 단호함을 알아차린 것이 분명했다. 그는 그저 고개만 끄덕였다.

"아니면 여기서 저를 기다리다가 같이 가시겠습니까? 두세 시간은 기다려야 하니, 편할 대로 하십시오."

그는 대답으로 그저 조랑말의 고삐를 당겨 마차를 돌렸다. 몇 분 후 그는 방죽길을 따라 멀어지며 한없이 드넓은 습지와 하늘 사이에서 점점 작아졌다. 나는 돌아서서 일 마시 하우스 앞을 서성이며 왼손으로 주머니 속의 열쇠 뭉치를 더듬었다.

하지만 저택 안으로 들어가지는 않았다. 아직은 그러고 싶지 않았다. 신비로이 반짝이는 아름다움과 침묵을 한껏 들이켜고,

바람에 희미하게 실려오는 낯선 소금 냄새를 음미하고, 희미하디희미한 속삭임을 귀 기울여 듣고 싶었다. 내 모든 감각이 날카롭게 살아 있으며, 이 특별한 장소가 내 정신뿐만 아니라 상상력에까지 깊이 새겨지고 있음이 느껴졌다.

이곳에 오래 머물다가는 고독과 고요에 중독되어 나 역시 조류 관찰자가 되어버릴 듯했다. 진귀한 새가 많이 살고 있을 터였다. 특히 봄가을이면 섭금류, 가마우지류, 야생오리와 거위 등이 오갈 터였다. 좋은 쌍안경과 책의 도움을 받으면 나도 금방 생김새와 우는 소리만 듣고도 종류를 구분할 수 있으리라. 나는 집 바깥을 거닐며 이곳에 사는 것을 정말 진지하게 생각해보았다. 야생이 숨쉬는 외딴곳에 스텔라와 단둘이 산다면 얼마나 낭만적일까. 생활비를 어떻게 벌고, 하루하루를 어떻게 지루하지 않게 지낼지에 대한 문제는 속 편하게 밀쳐두었다.

그렇게 공상에 잠긴 채 나는 집에서 점점 멀어져 들판을 건너 폐허로 향했다. 내 오른쪽인 서쪽에서 금빛 어린 붉은 태양이 거대한 겨울의 공인 양 이미 가라앉기 시작하며 물 위로 불화살을 쏘고 핏빛 줄무늬를 드리웠다. 동쪽으로는 바다와 하늘이 모두 납빛으로 서서히 물들고 있었다. 강어귀에서 느닷없이 불어온 바람이 선득했다.

가까이서 보니 폐허는 오래된 예배당이 분명해 보였다. 아마도 더 오래전에는 수도원이었으리라. 산산이 부서져 돌과 자갈이 풀밭에 나뒹구는 것은 아무래도 최근의 폭풍 때문인 듯했다. 지면이 강어귀 쪽으로 살짝 내리막이었다. 오래된 아치 아래를 지나는데 새 한 마리가 화들짝 놀라 푸르르 날아오르더니 내 머리 위를 지나가며 새된 소리로 울어댔다. 그 소리가 폐허가 된 벽에 튕겨 메아리치다 가라앉을 무렵, 약간 떨어진 곳에서 새가 다시 울었다. 악마처럼 추한 몰골이었는데, 그런 게 있는지는 몰라도 바다독수리 종인 듯했다. 새 그림자가 나를 스치고 지나가자 나도 모르게 몸이 바르르 떨렸다. 새가 바다를 향해 꼴사납게 날아가자 나는 마음이 놓였다. 그러다 발치를 내려다보고는 낙석들 사이에 덕지덕지 떨어져 있는 역겨운 똥을 발견했다. 저 새들이 위쪽 벽에 둥지를 틀고 사는 모양이었다.

이것만 아니라면 이 외딴곳을 좋아했으리라. 한여름의 따뜻한 저녁에는 어떨지 생각해보았다. 바다에서 상쾌한 미풍이 높다란 풀밭을 지나 불어오고, 낙석 사이로 하얗고 노랗고 분홍빛인 야생화가 활짝 피어나고, 그림자가 상냥하게도 길게 드리우고, 6월의 새들이 곱디고운 노래를 부르고, 멀리서 바다가 아스라이 찰싹이리라.

그런 생각에 잠겨 나는 자그마한 묘지로 들어섰다. 무너진 담이 묘지를 에워싸고 있었고, 나는 그 광경에 경악하여 걸음을 멈추었다. 오십여 기의 비석이 있었는데, 대부분이 기울어지거나 완전히 쓰러져 연두색 이끼와 지의류로 군데군데 덮인데다 소금기를 머금은 바람에 파리하게 깎여나가고 긴 세월 몰아친 비로 얼룩져 있었다. 무덤은 잡초가 무성하거나 아예 푹 꺼져 묘 같지도 않았다. 이름이나 날짜는 전혀 알아볼 수 없었고, 묘지 전체에 쇠락과 유기의 분위기가 물씬 풍겼다.

저 앞쪽, 담이 흙과 돌 무더기로 끝나는 곳에 잿빛 강어귀가 자리잡고 있었다. 태양의 마지막 조각이 가라앉고 세찬 바람이 풀들을 헤집는 동안, 나는 가만히 서서 생각에 잠겼다. 하늘에서 뱀처럼 목이 긴 불쾌한 새가 폐허를 향해 돌아오고 있었다. 새의 부리에 물린 물고기가 헛되이 몸을 비틀며 파닥거리는 것이 보였다. 노을에 불타듯 물든 생명체는 나와 마찬가지로 묘지의 평화를 흩뜨리고는 기우뚱 어딘가로 사라져갔다.

불현듯 추위와 황량함과 으스스함과 11월의 짙어지는 어스름을 의식한 나는 우울해져 온갖 편집증적 망상에 시달리게 될까 저어되어 씩씩하게 집으로 돌아가려 했다. 드래블로 부인의 서류 분류 작업을 시작하기에 앞서 등이란 등은 다 켜고, 가능하다면 벽난로에도 자그마하게 불을 지필 생각이었다. 하지만 돌아서면서 다시 한번 묘지를 휙 둘러보던 중 쇠약한 얼굴의 그 여인과 또다시 마주쳤다. 드래블로 부인의 장례식에 왔던 바로 그 여인이었다. 그녀는 아까와 똑같은 옷과 모자 차림으로 묘지 저 끝, 똑바로 선 몇 안 되는 비석 옆에 서 있었다. 다만 모자를 약간 뒤로 젖혔는지 이목구비를 조금은 알아볼 수 있었다.

옅어져가는 회색빛 속에서 파리하게 번들대는 얼굴이 피부가 아니라 뼈 그 자체인 듯했다. 오전에 보았을 때, 물론 그때도 흘긋 보았을 뿐이지만, 나는 그녀의 피폐해진 얼굴에서 그 어떤 감정도 읽어내지 못했었다. 그때는 그저 극도로 쇠약한 모습에 온 정신이 팔려 있었다. 하지만 이제, 놀라움과 당혹감 속에서 눈이 시릴 만큼 오래도록 응시하고 있자니 그 얼굴에서 표정이 느껴졌다. 내가 본 것을 설명하기에는 너무나 부족하지만 그래도 굳이 말을 하자면, 절망과 열망으로 얼룩진 원한이었다. 간절히 원하고, 필요한, 목숨을 바쳐서라도 가져야 하지만 빼앗기고 만 뭔가를 찾는 듯했다. 빼앗은 자가 누구든 그자에게 온 힘을 다해 오롯한 혐오와 증오와 악의를 내뿜고 있었다. 극도로 파리한 얼굴과 움푹 꺼졌음에도 기이하게 번득이는 눈은 내부에 쌓여 있다가 콸콸 쏟아져나오는 강렬한 감정으로 활활 타오르고 있었다. 그러한 증오와 적의가 나를 향한 것인지는 알 수 없었다. 그 여인이 나를 원망할 까닭이 전혀 없는데도 그 순간 나는 이성적이고 논리적으로 반응할 수 없었다. 기이하고 고립된 장소와 여인의 느닷없는 출현과 끔찍한 표정이 결합되어 나를 공포로 몰아넣었다. 사실 그렇게까지 공포에 압도된 것은 내 평생 그때가 처음이었다. 난생처음 무릎이 후들거리고 소름이 돋고 얼음처럼 굳어버렸다. 심장이 바싹 마른 입 밖으로 튀어나올 듯하더니 모루를 내려치는 망치처럼 가슴을 마구 두들겨댔다. 끔찍한 공포와 두려움과 사악함에 그토록 삽시간에 휘감긴 것은 전무한 일이었다. 마치 온몸이 마비된 듯했다. 두려워서 그곳에 더 머물 수 없었지만, 몸을 돌려 달아날 힘을 짜낼 수도 없었다. 바로 이 순간 이 비참한 묘지에서 쓰러져 죽겠구나 하고 나는 확신했다.

움직인 것은 그 여자였다. 그녀는 비석 뒤로 스르르 가더니 담 그림자를 따라 걸어가다 무너진 담장 사이로 나가 시야에서 사라졌다.

그녀가 사라지기 무섭게 나는 말도 하고 움직일 수 있게 되었고 용기와 생명력이 물밀 듯 밀려들었다. 머리가 맑아지자마자 화가 났다. 그렇다, 그런 감정을 불러일으킨 그녀에게 화가 났다. 격렬한 공포에 대한 분노는 그녀를 쫓아가 멈춰 세우고는 질문을 해 적절한 대답을 들음으로써 상황을 파악하고 말겠다는 결심으로 곧장 이어졌다.

나는 비석 사이의 좁은 잡초밭을 빠르고 가볍게 뛰어가 무너진 담장 사이로 나가서 강어귀 가장자리에 거의 다다랐다. 1, 2미터 너머에서 풀밭이 사라지고 모래와 얕은 물이 자리했다. 사방을 휘감은 습지와 납작한 소금 둔덕은 저 멀리서 밀물에 잠겨들고 있었다. 몇 킬로미터 너머까지 훤히 보였다. 검은 옷을 입은 여인은 어디에도 보이지 않았고, 몸을 숨길 만한 곳도 없었다.

그녀가 누구인지, 혹은 무엇인지, 어떻게 사라졌는지 따위의 질문을 나는 스스로에게 하지 않았다. 아예 생각하지 않으려고 했다. 마지막 남은 얼마 안 되는 기운마저 스르르 빠져나가는 것을 느끼며 나는 몸을 돌려 뛰기 시작했다. 묘지와 폐허에서 달아나 그 여자와 최대한 멀어지고 싶었다. 뜀박질에 온 신경을 집중하며 달리자 풀밭을 쿵쿵 밟는 내 발소리와 헉헉대는 숨소리가 들렸다. 절대 뒤돌아보지 않았다.

다시 저택에 이르렀을 즈음에는 달리기와 극단적인 감정으로 인해 온몸이 땀범벅이었다. 떨리는 손으로 열쇠를 집다가 두 번이나 계단에 떨어뜨리고야 가까스로 현관문을 열 수 있었다. 안으로 들어가자마자 얼른 문을 닫았다. 쿵 소리가 메아리치며 집 안으로 퍼져나갔다. 그러나 마지막 잔향이 사윌 무렵 집이 알아서 진정을 하듯 거대한 침묵에 잠겼다. 목조 패널을 댄 어두운 현관에서 나는 오래도록 움직이지 않았다. 누구든 옆에 있었으면 했다. 하지만 아무도 없었다. 빛도 온기도 독한 술도 없는 마당에 어떻게든 스스로를 진정시켜야 했다. 무엇보다도 간절한 것은 설명이었다. 단순한 호기심이 얼마나 강한 힘을 발휘할 수 있는지 놀라울 따름이었다. 전에는 결코 알지 못했던 것이었다. 강렬한 공포와 충격을 겪었음에도 나는 내가 본 여인이 누구인지, 어떻게 나타났는지 정확히 알아내야 한다는 열망에 휩싸였다. 그러지 않고는 결코 마음을 놓을 수 없을 것만 같았다. 그러기 위해 그곳에 머물며 조사를 하는 것도 두렵지 않았다.

나는 유령을 믿지 않았다. 혹은 그전까지만 해도 유령을 믿지 않았었다. 사람들이 무슨 말을 하든 나는 이성적이고 상식적인 젊은이답게 그냥 지어낸 이야기로 치부해버렸다. 어떤 사람은 유령에 대해 평범한 직관 이상의 능력을 갖고 있다거나 오래된 어떤 장소가 유령에 씌었다는 이야기는 익히 듣긴 했지만, 일말의 진실도 없다고 여겼었다. 심지어 증거를 눈앞에 들이댄다 하더라도 믿지 않았겠지만, 어차피 증거를 본 적도 없었다. 유령 출몰이나 유사한 기현상에 관한 이야기들은 언제나 몇 다리를 건너 전해진다는 점에 나는 늘 주목했다. 아는 누군가에게서 들은 누군가가 얘기해준 거라나 뭐라나!

하지만 기이하게도 어스름이 짙어져가는 이곳 습지의 황량한 묘지에서 나는 실체를 가진 여자를 보았지만 사실상 유령이었다는 데 일말의 의문도 없었다. 유령처럼 파리한 얼굴과 무시무시한 표정, 케케묵은 옛날 스타일의 옷, 내게서 늘 멀찍이 떨어져

말 한 마디 않는 점. 번번이 무덤가에서 소리없이 고요히 나타나는 그녀에게서 뭔가가 뿜어져나와 나를 강력히 휘감았고, 그 탓에 나는 형언할 수 없는 혐오와 공포를 느꼈다. 게다가 그 여자는 육체가 있는 산 사람이라면 절대 불가능한 방법으로 나타났다가 사라졌다. 하지만…… 전통적인 '유령'에 대한 흔한 상상과는 달리 투명하거나 흐릿해 보이지는 않았다. 진짜 사람처럼 그곳에 있었고, 또렷이 보였다. 그녀에게 다가가 말을 걸고 만질 수도 있을 듯했다.

나는 유령을 믿지 않았다.

하지만 달리 어찌 설명할 수 있겠는가?

집 안 어두운 구석 어딘가에서 시계가 울려 나는 상념에서 깨어났다. 몸이 부들부들 떨리는 와중에도 묘지의 여자 대신 지금 내가 서 있는 집에 의도적으로 정신을 집중했다.

현관을 지나면 널따란 오크나무 계단이 뻗어 있고, 한쪽 복도는 부엌과 식기실로 이어지는 듯했다. 문이 여럿 있었는데 하나같이 닫혀 있었다. 현관 등을 켜보았지만 전구는 어스레하기만 했다. 서류를 찾기에 앞서 방마다 들어가 얼마 안 되는 햇살이라도 들이는 것이 최선일 듯싶었다.

벤틀리 씨와, 여기 와서 다른 이들에게 고故 드래블로 부인에 대해 들은 바에 따라 나는 그녀의 집 상태에 대해 온갖 상상을 했었다. 지나간 시간이나 젊은 시절이나 짧았던 결혼 기간 동안의 추억에 바치는 성지처럼 꾸며져 있지 않을까 싶었다. 가엾은 하비샴 양*처럼. 아니면 은둔의 잔해인 오래된 신문과 넝마와 쓰레기가 구석구석 쌓여 있고, 거미줄이 더께져 있고, 굶어 죽기 직전의 개나 고양이가 돌아다니고 있을 줄 알았다.

하지만 모닝 룸과 응접실과 거실과 식당과 서재를 둘러보았지만 인상적이거나 불쾌할 만한 면은 전혀 없었다. 살짝 눅눅하고, 퀴퀴하고, 달콤하면서도 시큼한 냄새가 어디서나 풍기긴 했으나, 한동안 폐쇄된 집이라면 으레 그렇기 마련이었다. 더구나 이처럼 사방이 습지와 강어귀로 에워싸인 집이라면 항상 눅눅할 수밖에 없었다.

가구는 구식이었지만 튼튼하고 고급스러우며 짙은 색이 바래지 않은 것으로 보아 꽤 잘 관리된 듯했다. 하지만 대부분의 방이 오랫동안 사용되지 않은 것 같았다. 어쩌면 내가 몇 년 만에 처음 들어가본 사람인지도 몰랐다. 현관에서 시작되는 좁은 복도 끝의 작은 거실에만 사람이 지낸 흔적이 남아 있었다. 아마도 드래블로 부인이 하루 중 대부분을 이곳에서 보냈으리라. 방

---

* 찰스 디킨스의 『위대한 유산』에 등장하는 인물. 결혼식 날 약혼자에게서 버림받고 세상과 단절한 채 복수를 꿈꾸며 살아간다.

마다 유리문을 단 책장이 책으로 가득했고, 그 옆에는 따분한 초상화나 오래된 집을 그린 묵직한 유화가 걸려 있었다. 하지만 나는 벤틀리 씨에게 받은 열쇠 뭉치로 서랍들을 열어보고 낙심했다. 온갖 책상과 탁자의 서랍마다 종이 더미나 상자가 빼곡했다. 편지, 영수증, 법률 서류, 공책 등이 리본이나 끈으로 묶인 채 세월에 누렇게 바래가고 있었다. 드래블로 부인은 평생 종이와 편지를 단 한 장도 버리지 않고 모은 듯했다. 이것들을 대충이라도 정리하려면 예상보다 훨씬 힘들 것이 뻔했다. 대부분은 쓸모없는 것으로 판명나겠지만 하나하나 살펴보고 재산 처분과 관련된 서류만 골라내 런던의 벤틀리 씨에게 보내야 했다. 지금 당장 시작한다고 해봐야 소용없을 듯했다. 너무 늦었고, 묘지에서의 일 때문에 신경이 곤두서 있었다. 그래서 대신 방마다 둘러보았지만 흥미롭거나 우아한 것은 전혀 없었다. 사실상 기묘하리만큼 개성이 없었다. 개성이나 취향이 거의 없는 누군가가 되는대로 가구와 장식을 모아놓은 듯한 지루한 풍경에 나는 다소 우울하고 불편해졌다. 단 한 가지, 배치만큼은 웬일인지 대단했다. 방마다 높고 넓은 창문이 나 있어 습지와 강어귀와 장대한 하늘이 훤히 보였다. 해가 진 뒤라 색채는 모두 어스름에 밀려나고 파도 하나 없이 고요했다. 땅과 바다와 하늘이 거의 구분되지 않았다. 모든 것이 잿빛이었다. 나는 블라인드를 전부 올리고 창문

한두 개를 열어두었다. 바람 역시 그치고 잠잠했다. 밀물이 밀려들며 물이 찰랑이는 희미한 소리 외에는 정적뿐이었다. 늙은 여인이 외딴집에서 홀로 하루하루 낮과 밤을, 그토록 오랜 세월 동안 어떻게 견뎌냈을지 경이로웠다. 나라면 미쳐버렸으리라. 사실 나는 가능한 한 쉬지 않고 서류를 처리해 재빨리 끝낼 생각이었다. 하지만 야생의 드넓은 습지를 바라보노라니 기이한 매혹에 사로잡혔다. 심지어 잿빛 어스름에 뒤덮인 지금조차 묘한 매력을 발하고 있었다. 몇 킬로미터 너머까지 볼거리라고는 없었으나 시선을 뗄 수 없었다. 하지만 오늘 하루는 이것으로 충분했다. 물소리와 신음하는 바람 소리와 음울한 새 울음소리를 제외한 고요와 고독은 충분히 만끽했다. 단조로운 잿빛과 음울한 낡은 집 역시 충분히 맛보았다. 적어도 한 시간 후에는 케쿽이 조랑말이 끄는 마차를 몰고 올 터였다. 나는 정신을 차리고 그만 창가를 떠나기로 했다. 활기차게 산책하다보면 기운이 나고 기분도 좋아지고 입맛까지 돌아올 터였다. 잘만 하면 크라이신 기퍼드까지 제때 돌아가 케쿽이 수고롭게 다시 오지 않아도 될 터였다. 설령 그렇지 않더라도 도중에 그와 마주칠 터였다. 방죽길은 여전히 뚜렷이 보였고, 읍내로 이어진 도로는 쭉 뻗어 있어 길을 잃을 까닭이 없었다.

나는 그런 생각을 하며 창문을 닫고 블라인드를 도로 내린 뒤 떠나갔다. 사위어가는 11월의 빛 속에 일 마시 하우스를 남겨 두고.

6
조랑말과 마차 소리

바깥은 온통 고요했다. 들리는 것이라고는 자갈밭을 힘차게 걸어가는 내 발소리뿐이었다. 그마저 방죽길로 이어진 풀밭을 지날 때는 누그러들었다. 마지막까지 남아 있던 갈매기 서너 마리가 하늘을 가로질러 집으로 돌아갔다. 반쯤은 검은 옷의 여인이 쫓아오고 있으리라 예상하며 나는 한두 번 어깨 너머를 흘긋거렸다. 하지만 이제는 묘지 맞은편이나 그 너머에 비탈이나 구덩이가 있었던 것이 틀림없다고 내심 믿고 싶었다. 심지어 또다른 외딴집이 있었는데 보이지 않았던 것뿐이라는 생각까지 들었다. 그런 기이한 곳에서는 빛의 변화가 장난을 치기도 하니까. 어쨌든 그녀가 숨은 곳을 찾으러 가보지도 않고 그저 힐긋 둘러보고 포기한 것은 사실이었다. 그럼 된 거지. 그날 아침 그 여자 얘기를 하자 제롬 씨가 보였던 극단적인 반응은 한동안 잊고 있었다.

방죽길은 여전히 말라 있었지만, 왼쪽을 보니 가장자리에서 물이 소리없이 천천히 스며들고 있었다. 만조 때 방죽길이 얼마나 깊이 물에 잠길지 궁금했다. 하지만 오늘처럼 고요한 밤이면 시간도 충분하니 무사히 건널 수 있을 터였다. 걸어가려고 하니 케퀵의 마차를 타고 올 때보다 길이 훨씬 길어 보이기는 했다. 또한 길 끝이 잿빛으로 물들어가는 듯했다. 이런 드넓은 풍경 속에 있자니 한없이 고독하고 동시에 스스로가 하찮고 보잘것없이 느껴졌다. 내 존재에 절대적으로 무심한 하늘과 바다 앞에서 나는 음울하지만 불쾌하지는 않은 철학적 사색에 잠겼다.

얼마 후, 정확히 얼마나 오래였는지는 모르겠다, 상념에서 깨어난 나는 더이상 먼 곳이 보이지 않는다는 사실을 깨달았다. 돌아서니 일 마시 하우스 역시 보이지 않아 화들짝 놀랐다. 저녁 어스름 때문이 아니라 짙게 깔린 축축한 바다안개 때문이었다. 어느 사이 습지로 밀려온 안개가 나와 저택과 방죽길과 저 앞의 들판까지 모조리 휘감아버렸던 것이다. 축축하고 거미줄처럼 들러붙는데다 입자가 미세한, 한 치 앞이 보이지 않는 안개였다. 런던의 악취 나는 누런 안개와는 냄새와 맛이 전혀 달랐다. 런던의 안개는 숨이 막히고 탁하고 정적인 반면, 이곳은 희고 깨끗하며 소금기가 느껴지고 바로 눈앞에서도 매순간 움직였다. 나는 안개에 농락당하는 듯 혼란스러웠다. 수백만 개의 살아 있는 손가락이 온몸에 달라붙어 더듬다가 도로 떠나가는 듯했다. 머리와 얼굴과 코트 소매는 습기의 막에 휘감겨 이미 축축했다. 무엇보다도 느닷없이 나타났다는 사실 때문에 당황한 나는 방향감각을 상실했다.

잠깐 동안은 원래대로 육지의 도로를 향해 천천히 걸었다. 하지만 일단 쭉 뻗은 방죽길을 벗어나면 금방 길을 잃고 밤새 들판을 헤매다 탈진할 수도 있다는 생각이 서서히 들었다. 따라서 가장 합리적인 선택은 방향을 틀어 몇백 미터를 되짚어가 안개가 걷히거나 케퀵이 데리러 올 때까지 저택에서 기다리는 것이었다.

돌아가는 길은 악몽이었다. 나는 천천히 한 걸음 한 걸음 옮겨야 했다. 자칫 습지로 들어가 밀려드는 바닷물에 빠질까봐 두려웠다. 고개를 들거나 주위를 두리번거리면 이동하는 안개에 농락당하기 십상이었다. 그리하여 나는 저택으로 돌아갈 수 있기를 빌며 주춤주춤 걸었다. 예상보다 한참 먼 것 같았다. 그때 요동치는 안개와 어둠 속 어딘가에서 고대하던 소리가 들렸다. 희미했지만 조랑말의 말발굽 소리와 마차가 삐걱이고 덜컹대는 소리가 분명했다. 암흑 속에서도 도로와 방죽길을 지나는 데 익숙한 케퀵이 안개에 굴하지 않고 나를 데리러 온 것이었다. 나는 걸음을 멈추고 불빛이 보이기를 기다렸다. 그가 분명 랜턴을 가지고 왔을 터였다. 나는 고함을 쳐 내 위치를 알려야 할지 고민했다. 갑자기 나타난 마차에 치여 방죽 아래로 떨어질지도 모르는 일이었다.

이윽고 나는 안개가 풍경만이 아니라 소리로도 장난을 친다는 것을 깨달았다. 마차 소리가 예상보다 한참을 더 기다려도 가까워지지 않는데다, 내 뒤쪽 방죽길이 아니라 오른쪽 습지에서 나는 듯했던 것이다. 나는 바람의 방향을 알아내려 했지만 바람 자체가 없었다. 내가 몸을 틀자 소리는 다시 더 멀어졌다. 나는 어찌할 바를 모르고 가만히 서서는 안개 사이로 촉각을 곤두세운 채 기다렸다. 그리고 이어서 들린 소리에 등골이 오싹해지며 공포에 질렸다. 이해할 수도, 설명할 수도 없는 소리였다. 마차 소리가 점점 희미해지다가 뚝 그치더니 습지에서 쪼르르하고, 쿠룩대고, 철렁거리는 묘한 소리가 들리는 것이었다. 그와 동시에 공포에 질린 조랑말이 새된 비명을 지르며 울어댔다. 게다가 또 다른 비명과 겁에 질려 흐느끼는 소리가 들렸다. 무슨 소리인지 알 수가 없었다. 그러다 나는 경악하며 아이, 그것도 어린아이의 목소리임을 깨달았다. 나는 사방으로 아무것도 보이지 않는 안개 속에서 절대적 무력감에 휘감겨 서 있었다. 극도의 두려움과 좌절감에 울음을 터뜨릴 뻔했다. 마차에 타고 있던 아이와 마차를 몰던 어른과—아마도 케퀵이리라—조랑말이 살기 위해 필사적으로 분투하며 내는 마지막 소리가 분명했다. 어쩌다 방죽길에서 벗어나 습지로 들어갔다가 늪과 밀물에 휘말려버린 것이다.

나는 폐가 터지도록 고함을 쳤다. 그리고 달려가다 멈추었다. 아무것도 보이지 않거니와 지금 가봐야 대체 무슨 소용이 있겠는가? 습지로 들어갈 수도 없을뿐더러 어찌어찌 간다고 해도 마차를 찾아내고 사람을 구할 가능성은 전혀 없었다. 나까지 습지에 빨려들어가 죽을 터였다. 내가 할 수 있는 유일한 일은 일 마시 하우스로 돌아가 불이란 불은 모조리 켜서 창문에서 등대 불빛처럼 신호를 보내는 것뿐이었다. 가능성은 지극히 희박했지만, 육지에 있는 누군가가 이를 볼 수 있기를 빌 따름이었다.

가엾게도 천천히 진흙과 물에 가라앉아 질식사하는 처참한 광경이 나도 모르게 줄줄이 떠오르는 바람에 온몸이 부들부들 떨렸다. 나는 몇 분 전까지만 해도 머릿속을 채우고 있던 나에 대한 걱정과 불안을 잊고 되도록 빠르고 안전하게 저택으로 돌아가는 데 집중했다. 이제 물이 길 가장자리까지 바짝 올라와 철렁이는 소리가 들렸지만 안개가 짙고 어둠이 완전히 내려 보이지는 않았다. 풀밭에 이어 자갈밭이 발밑에 느껴지자 나는 크게 안도하며 현관문을 향해 더듬더듬 나아갔다.

뒤쪽 습지에서는 철썩이는 물 외에는 고요와 침묵뿐이었다. 조랑말 마차는 아예 존재하지도 않았던 듯했다.

다시 집 안으로 들어간 나는 어두운 현관을 더듬거리다 의자가 손에 닿자 다리에 맥이 풀리며 주저앉았다. 머리를 두 손에 파묻고는 무력하게 흐느꼈다. 방금 무슨 일이 일어났는지 완전히 깨닫고는 압도당한 것이다.

극도의 절망과 공포 속에서 얼마나 오래 그렇게 앉아 있었는지 모르겠다. 아무튼 얼마 후 나는 마음을 추스르고 일어나 집 안을 돌아다니며 작동하는 전등이란 전등은 다 켰다. 하나같이 어스레하긴 해도 켜두었다. 드문드문 놓인 몇 개의 등불 정도밖에 되지 않는 불빛이 자욱한 안개를 뚫고 육지에서 보일 리가 없다는 건 알고 있었다. 게다가 여길 보고 있거나 지나가는 사람이 있을 성싶지도 않았다. 하지만 뭔가를, 사실상 할 수 있는 모든 것을 했다는 점 때문에 마음이 조금이나마 나아졌다. 그러고 나서 찬장과 식기장과 부엌 서랍장을 샅샅이 뒤져 마침내 식당 구석에서 브랜디 한 병을 찾아냈다. 삼십 년 묵은 것이었지만 코르크 마개로 단단히 봉인되어 있었다. 마개를 따고 잔을 찾아내서는, 큰 충격을 받고 끼니를 제때 챙기지 못한 사람에게 적당하다고 생각되는 만큼 술을 따랐다.

드래블로 부인은 오랫동안 식당을 사용하지 않은 것이 분명했다. 가구는 바람에 실려온 소금기로 하얗게 얼룩이 졌고, 식탁 위의 촛대와 장식은 변색되었으며, 리넨 천은 빳빳이 접힌 채 굳어 중간중간에 누렇게 바랜 종이가 끚혀 있고, 유리와 도자기 그릇은 먼지를 뒤집어쓰고 있었다.

나는 그나마 안락해 보이려고 신경 쓴 듯한 작은 방으로 돌아갔다. 그 거실도 춥고 퀴퀴했지만 거기서 브랜디를 마시며 평정을 되찾고 대책을 세우려 애썼다.

하지만 술기운이 오를수록 불안은 가라앉기는커녕 더 심해지고, 머릿속은 점점 혼란스러워졌다. 나를 여기로 보낸 벤틀리 씨에게 슬슬 화가 나는 동시에, 이곳에 대한 암시와 은밀한 경고를 모두 무시해버린 나 자신의 어리석은 독선과 고집이 한심스러웠다. 런던의 안락하고 안전한 분주함과 떠들썩함 속으로 마법처럼 돌아가기를 갈망, 아니 기도했다. 친구들, 아니 사람이라면 누구라도 상관없었지만 특히 스텔라와 함께 있고 싶었다.

나는 밀실공포증과 기이한 공허감을 동시에 일으키는 그 오래된 집에서 차분히 앉아 있지 못하고 이 방 저 방을 돌아다니며 이 물건 저 물건 집어들었다가 무기력하게 내려놓고 위층으로 가서 덧창이 닫힌 침실을 둘러보다 다시 계단을 올라 다락방으로 갔다. 카펫이 깔리지 않은 바닥에 잡동사니들이 널려 있었고,

좁고 기다란 창문에는 커튼도 블라인드도 없었다.

모든 문이 잠겨 있지 않았고, 모든 방이 정돈된 가구에 먼지가 켜켜이 쌓여 쓰라릴 만큼 춥고 눅눅한 동시에 숨막힐 듯 답답했다. 오직 문 하나만이 예외였다. 이층의 침실 세 개를 지나 복도 끝에서 발견한 방문은 열쇠구멍도, 걸쇠도 없이 잠겨 있었다.

뜬금없이 그 문을 향해 화가 치밀었다. 문을 걷어차고 손잡이를 마구 당기다 돌연 포기하고는 다시 일층으로 내려갔다. 내 발소리가 메아리쳤다.

나는 시시때때로 이 창문 저 창문으로 가 유리를 손으로 문질러 밖을 내다보려고 했다. 얇게 앉은 먼지는 닦아낼 수 있었지만 바깥에서 유리창을 바짝 짓누르는 바다안개의 커튼을 걷어낼 수는 없었다. 가만히 응시하다가 안개는 여전히 구름처럼 끊임없이 들썩이면서도 갈라지거나 엷어지지는 않는다는 걸 깨달았다.

마침내 나는 높은 천장 아래 드넓게 펼쳐진 응접실에서 플러시천을 씌운 소파에 털썩 앉아 창문을 외면한 채 부드럽고 향긋한 브랜디의 두번째 잔을 마저 들이켜며 우울한 사색에 빠져 일종의 내적 자기연민을 곱씹었다. 더는 춥지도, 두렵지도, 불안하지도 않았다. 보호막이 습지에서 벌어진 끔찍한 사건으로부터 나를 분리시켜주는 듯했다. 바깥의 안개처럼 갑자기 시작된 무념무상의 상태로 나는 무너져내렸다. 그러다 평화는 아니지만 적어도 극단적 감정에서 벗어났다는 어떤 안도감이 스며들었다.

종이 울리고 또 울렸다. 아주 가까운 동시에 기이하게 먼 땡그랑, 땡그랑 소리가 내 귀를 뚫고 머리를 헤집었다. 진동하는 소리에 나까지 요동치는 듯했다. 나는 고정되지 않은 채 떠돌아다니는 어둠에서 기를 쓰고 벗어나려 분투했다. 발아래 땅이 움직이는 듯해 넘어지거나 미끄러져 끔찍하게 메아리치는 대혼란 속으로 빨려들까봐 두려웠다. 종이 계속 울렸다. 당혹감에 깨어난 나는 달을 보았다. 높다란 창문 너머로 호박처럼 거대한 달이 맑고 까만 밤하늘에 박혀 있었다.

머리가 지끈거리고, 입은 백태가 낀 채 바싹 말랐고, 팔다리는 뻣뻣했다. 몇 분이었는지 몇 시간이었는지 아무튼 잠이 들었던 것이다. 나는 시간감각을 상실했다. 똑바로 일어나려고 애쓰다가, 지금 들리는 종소리는 깜빡 잠들었다가 꾼 혼란스러운 악몽의 일부가 아니라 집 안에서 실제로 울리는 소리임을 깨달았다. 누군가 현관문 앞에 와 있었다.

소파에서 웅크리고 자는 바람에 쥐가 난 다리로 걷다가 넘어지다가 하며 방을 나와 현관으로 들어섰다. 아까 일어난 일이 하나둘 떠올랐다. 기억이 돌아옴에 따라 공포가 물밀 듯이 밀려왔다. 일 마시를 향해 비명을 지르던 아이와 조랑말과 마차. 내가 켜둔 전등은 여전히 빛나고 있었고 그걸 누군가 본 것이 분명했다. 나는 현관문을 열며 수색자와 구조자들이 와글와글 와 있기를 빌었다. 무엇을 해야 할지 알고 모든 것을 맡길 수 있는, 무엇보다도 내가 마음 놓고 떠날 수 있게 해줄 강한 사람들.

하지만 현관에서 새어나간 빛과 보름달 빛을 받으며 자갈밭 진입로에 서 있는 것은 단 한 사람, 케퀵이었다. 그 뒤에 조랑말과 마차가 있었다. 모두 너무나 실제적이고 정상적이며 완전히 멀쩡해 보였다. 대기는 맑고 차가웠으며, 하늘은 별들로 빽빽했다. 습지는 달빛 아래 미동도 소리도 없이 은빛으로 반짝였다. 안개나 구름은 흔적도 없고, 대기에는 일말의 축축함도 느껴지지 않았다. 너무나 급변한 풍경에 나는 다른 세계에서 새로 태어났으며, 그 모든 일은 열에 들떠 꾼 꿈이었던 것만 같았다.

"해무가 알아서 걷히기를 기다려야 했습니다. 안개가 끼면 방죽길을 못 건너거든요." 케퀵이 사무적으로 말했다. "운이 나빴던 거죠."

나는 혀가 입천장에 들러붙고, 무릎이 후들거리는 것 같았다.

"그러고는 썰물 때를 기다려야 했고요." 그가 주위를 둘러보았다. "끔찍한 곳이죠. 지금쯤은 변호사님도 잘 알겠지만요."

그 순간 나는 간신히 손목시계를 보고는 지금이 새벽 2시가 다 된 시간임을 깨달았다. 썰물이 막 시작되어 나인 라이브스 코즈웨이가 드러난 것이다. 여느 밤처럼 거의 일곱 시간을 잤는데도 동이 트려면 몇 시간이 더 지나야 했으며, 밤새 뒤척인 사람처럼 피곤하고 비참하고 고통스러웠다. "이 시간에 올 줄은 몰랐습니다." 나는 더듬더듬 말을 이었다. "정말 친절하신……"

케퀵이 모자를 살짝 젖히고 이마를 긁적였다. 코와 턱은 생채기와 부스럼, 사마귀로 뒤덮인데다 피부는 시뻘건 죽 같았다. 마침내 그가 말했다. "밤새 여기 계시게 할 수는 없었습니다. 그럴 수는 없지요."

나는 일순 어질어질했다. 정상적이고 현실적인 대화를 나누는 기분이 들었기 때문이었다. 사실상 그를 봐서 기뻤다. 다른 사람의 존재가 그렇게 반갑기는 내 평생 처음이었고, 그의 뒤에 참을성 있게 얌전히 서 있는 튼튼한 조랑말을 보니 든든했다.

바로 그 순간 두번째 기억이 떠올라 나는 불쑥 물었다. "그런데 괜찮아요? 어떻게 여기까지 왔습니까? 무슨 수로 빠져나왔죠?" 그 순간 내 심장이 쿵 내려앉았다. 늪에 빠진 것은 케퀵과 여기 서 있는 조랑말이 아니라 다른 누군가였던 것이다. 그것도 아이와 함께. 그들은 이제 죽었을 것이고, 그들을 습지가 삼키고 바다가 뒤덮었을 터였다. 물은 희미한 일렁임이나 잔물결 하나 보이지 않고 그저 고요하게 반짝이고 있으리라. 하지만 안개가 몰려들고 밀물이 들어오는 어두운 11월 밤에 대체 누가, 누가 아이까지 데리고 저 위험한 곳으로 마차를 몰고 왔단 말인가? 도대체 왜, 어디서 어디로 가려고? 수킬로미터 이내에 집이라고는 여기 한 채뿐이었다. 검은 옷을 입은 여인의 숨겨진 집에 대한 내 추측이 틀렸다면.

케퀵은 내 얼굴을 똑바로 응시하고 있었다. 나는 내가 그날 오후 그 집에 남겨졌던 사무적이고 영리하고 자신감 넘치는 젊은 변호사가 아니라 부스스하고 정신 나간 몰골로 보이리라는 점을 깨달았다. 그 순간 그가 마차를 가리켰다. "어서 타시죠."

"네. 하지만 분명……"

그가 불쑥 돌아서서 마부석에 올랐다. 그리고 코트 깃을 세워 목과 턱을 가리고 웅크린 채 앞을 똑바로 응시하며 내가 타길 기다렸다. 그가 내 상태를 완전히 이해했고, 나에게 어떤 일이 일어났다는 걸 알고 있고, 전혀 놀라지 않는다는 건 분명했다. 그리고 내가 사연을 털어놓지도, 질문을 하지도, 대답을 하지도, 의논을 하지도 않기를 명백히 바라는 태도였다. 그는 시간을 가리지 않고 언제든 나를 확실히 데려다주고 데리러 오겠지만, 그 이상은 아무것도 하지 않을 터였다.

나는 말없이 재빨리 집으로 들어가 전등을 끈 다음 마차에 올랐다. 케퀵과 조랑말은 높이 뜬 달 아래 불가사의하게 아름답고 고요한 습지를 가로질러갔다. 나는 일종의 가수면 상태에 빠졌다. 덜컹대는 마차를 따라 흔들리며 반쯤은 깨어 있고 반쯤은 잠들어 있었다. 위장이 쪼그라들면서 이따금씩 욕지기가 치밀고 머리가 끔찍하게 쑤셔댔다. 나는 주위를 둘러보지는 않았지만, 한 번씩 드넓은 밤하늘에 박힌 별자리를 올려다보았다. 변함없이 제자리에 있는 천상의 존재들을 보고 있으니 마음이 차분히 가라앉았다. 하지만 내 안이든 바깥이든 별자리를 제외한 나머지는 완전히 달라져 있었다. 내가 지금껏 상상하지도 못한, 아니, 믿지 않았던 의식의 영역에 들어왔음을 알 수 있었다. 이곳에 온 것 자체로 인해 나는 이미 변했으며, 두 번 다시 과거로 돌아갈 수 없을 터였다. 이날 나는 상상도 못 한 것을 보고 들었기 때문이다. 무덤가의 여인은 유령이었다. 이제 나는 단순히 그렇게 믿는 것이 아니라 뼛속까지 확실히 알고 있었다. 불안과 고뇌에 찬 채로 잠든 사이 그러한 확신이 확고히 자리잡았다는 것을 깨달았다. 하지만 습지에서 들었던 조랑말 마차 소리에 대해서는 이제야 서서히 의심이 일었다. 습지와 강어귀와 땅과 바다가 느닷없는 안개에 휘감겨 내가 우왕좌왕하는 동안, 늪에 빨려들어가는 조랑말 마차 안에서 끔찍한 비명을 내지른 아이. 이 역시 실제로 정말 그곳에 있었던 것이 아니라 실체가 없는 유령이었던 것이다. 내가 들은 그 소리는 지금 들리는 수레의 덜컹거림과 조랑말의 말발굽 소리만큼이나 또렷했다. 그리고 드래블로 부인의 무덤과 버려진 묘지에서의 여자 역시 분명히 보았다. 그 무엇이든 걸고 맹세할 수 있었다. 하지만 이해할 수 없는 어떤 직감 같은 것이 그들은 실재가 아니라 유령이며, 이미 죽은 존재라고 말해주고 있었다.

이를 모두 받아들이자마자 마음이 한결 차분해졌다. 마차가 습지와 강어귀를 벗어나 조용한 밤을 가르며 도로를 덜컹덜컹 나아갔다. 나는 기퍼드 암스의 문을 두드려 잠든 주인을 깨워서 안으로 들여보내달라고 부탁한 뒤 안락한 침대에 누워 이 모든 것을 머리와 마음에서 철저히 몰아내고는 결코 되새기는 일 없이 다시 잠들고 싶었다. 내일 환한 햇살을 받으면 기운이 회복될 터이고, 앞으로 어찌할지는 그때 판단할 셈이었다. 지금 이 순간 나는 일 마시 하우스로 절대 돌아가지 않을 것이며, 드래블로 부인과 관련된 일에서 어떻게든 빠져나갈 방법을 찾아야 한다는 것 외에는 아무 생각도 할 수 없었다. 벤틀리 씨한테 다른 핑계를 댈지, 아니면 조롱당하지 않길 바라며 열심히 사실을 설명할지는 아직 결정할 수 없었다.

잠자리에 들 준비를 할 때에야—호텔 주인은 더없이 정이 많고 협조적이었다—안개와 바닷물이 물러나기를 기다려 나를 데리러 왔다는 케퀵의 놀라운 친절에 생각이 미쳤다. 그가 어깨를 으쓱하고는 집으로 돌아가 내일 아침에 데리러 가겠다고 했어도 아무도 탓하지 못했으리라. 하지만 그는 내가 혼자 그 집에서 밤을 보내게 해서는 안 된다는 일념으로 끈질기게 기다렸다. 어쩌면 조랑말의 마구도 벗기지 않았을지 모른다. 나는 그가 한없이 고마웠다. 그런 수고를 했으니 마땅한 보상을 해줘야 한다고 메모해두었다.

내가 침대에 누웠을 때는 3시가 지난 뒤였다. 다섯 시간 동안은 빛이 들지 않을 터였다. 호텔 주인은 나더러 실컷 자라고, 아무도 나를 방해하지 않을 거라고, 아침식사는 언제든 준비해줄 수 있다고 말했다. 그 역시 케퀵과 방법은 다르지만 나의 안녕을 염려하는 듯했다. 하지만 둘 다 그 어떤 의문에도 철저히 침묵하며 담을 쌓고 있었다. 나도 그 담을 무너뜨리려고 해서는 안 된다는 지각 정도는 있었다. 그들이 무엇을 보고 들었는지, 소문과 풍설과 미신 말고도 과거사를 얼마나 자세히 아는지 나는 상상할 수 없었다. 내가 직접 경험한 일만으로도 더 알 필요가 없었고, 굳이 진상을 파고들고 싶지도 않았다.

그날 밤 나는 부드러운 베개에 머리를 누이며 그렇게 생각했다. 어둡고 불안한 잠 속에서 형체들이 나타났다 사라지는 통에 공포에 떨다 한두 번 반쯤 깨어나 비명을 지르거나 헛소리를 늘어놓으며 땀을 흘렸다. 악몽과 반半의식적 공포와 불길한 예감에서부터 벗어나려고 밤새 뒤척여야 했다. 그러는 내내 조랑말의 끔찍한 울부짖음과 아이의 비명과 외침이 꿈의 표면을 꿰뚫었고, 나는 안개에 갇혀 발이 얼어붙은 채 무력하게 서서는 달아나려고 했다. 그리고 보이지는 않았지만 내 뒤에 검은 옷을 입은 여인이 도사리고 있다는 것을 느낄 수 있었다.

7
두려움에 떠는 제롬 씨

눈을 뜨자 환한 겨울 햇살을 잔뜩 머금은 쾌적한 침실로 돌아와 있었다. 하지만 전날 아침과 이날 아침이 확연히 비교되면서 피로와 쓰라림이 몰려왔다. 전날은 단잠을 푹 자 개운해진 몸과 마음으로 얼른 하루를 시작하고 싶어 침대에서 재빨리 일어났었다. 그것이 겨우 하루 전이었더란 말인가? 마치 기나긴 여행을 한 듯했다. 사실상 짧은 시간이었다 하더라도 차분하고 안정적이었던 나의 옛 자아를 완전히 뒤흔들어놓은 경험 탓에 마치 몇 년은 더 지난 것 같았다. 이날 아침 나는 머리가 지끈거리고 온몸에 기운이라고는 없이 무겁고 피곤한 동시에 신경이 날카롭게 곤두서 있었다. 게다가 상상력까지 안절부절 들썩거렸다.

하지만 얼마간 꾸물거리다 나는 힘겹게 몸을 일으켰다. 울퉁

불퉁한 감자자루 더미 위에서 새우잠을 자다 일어나도 이처럼 최악의 컨디션은 아닐 듯했다. 커튼을 젖혀 새파란 하늘을 드러내고, 뜨거운 욕조에 몸을 담그고, 머리와 목을 차가운 수돗물로 헹구고 나니 우울함과 퀴퀴함은 한결 줄어들었다. 보다 침착해진 나는 오늘 하루를 어떻게 보낼지 차근차근 생각할 수 있었다. 예상보다 맛있게 아침을 먹은 다음, 다양한 선택안들을 고려했다. 지난밤에는 일 마시와 드래블로 일에서 완전히 손 떼겠다고 벤틀리 씨한테 전보를 보내고 나머지 일은 제롬 씨에게 떠맡긴 뒤 되도록 빨리 기차를 타고 런던으로 돌아가겠노라 단호히 결심했었다. 그 무엇도 그러한 결정을 깨뜨리기란 불가능해 보였다.

그러니까, 나는 달아날 생각이었다. 그렇다. 환한 대낮에 어제의 결정을 되돌아보니 그랬다. 나는 그랬던 나 자신을 전혀 탓하지 않았다. 끔찍한 공포에 시달리지 않았던가. 나는 스스로를 대단히 용감하다고 여기지는 않았지만 육체적 위험과 위기에 맞닥뜨리자마자 달아나는 그런 사람은 아니라고 생각했다. 하지만 이런 불가해한 무형의 위험은 증거는 없으나 깊은 영향을 주기에 더욱 끔찍한 법이다. 그날 아침 나는 내 생각과 감정을 살펴보고 무엇 때문에 가장 두려웠으며, 여전히 계속 두려워하는지 깨달았다. 그것은 내가 본 것 때문이 아니었다. 앙상한 얼굴의 그 여인에게는 본질적으로 끔찍하거나 혐오스러운 것은 조금도 없었다. 안개에 휩싸였을 때 유령 같은 소리를 듣는 바람에 크게 당황한 것은 사실이었지만, 그보다 더 끔찍했던 것은 그 여인과 소리 주변에서 뿜어져나와 나를 불안정하게 만드는 어떤 분위기이자 힘이었다. 정확히 뭐라고 표현해야 할지 모르겠다. 사악함과 부정함과 공포와 고통과 악의와 쓰라린 분노의 분위기이자 힘. 그런 것에 어떻게 대처해야 할지 막막했다.

"오늘은 크라이신이 한결 조용할 겁니다." 호텔 주인이 빈 접시를 치우고 커피를 다시 따라주며 말했다. "장날이면 수킬로미터 내의 사람들이 모두 모여들지만요. 오늘 아침에는 별다른 일이 거의 없을 겁니다."

그는 잠시 그대로 서서 나를 유심히 살폈다. 나는 전날 밤 그를 깨워 내려오게 한 일을 다시 한번 사과해야겠다 싶었다. 그는 고개를 저었다. "아, 손님이 그…… 그러니까 다른 데서 불편한 밤을 보내는 것보다야 한밤중에 제가 깨는 게 낫죠."

"결과적으로 어쨌든 다소간 힘든 밤을 보내야 했답니다. 밤새 뒤척이며 끊임없이 악몽을 꾸었거든요."

그는 아무 대꾸도 하지 않았다.

"오늘 아침엔 신선한 공기를 쐬며 운동을 좀 해야겠어요. 일이 킬로미터쯤 시골을 산책하며 어제 장에 온 사람들의 농장을 구경할까 싶군요."

그 말인즉슨, 습지에서 등을 돌려 정확히 반대 방향으로 걸어가겠다는 뜻이었다.

"편하고 즐거운 산책이 될 겁니다. 수킬로미터 너머까지 땅이 이불처럼 평평하거든요. 물론 말을 타면 훨씬 멀리 갈 수도 있고요."

"이런, 저는 평생 말을 타본 적이 없답니다. 솔직히 말해서 오늘은 승마를 배울 기분도 아니고요."

"아니면……" 그가 느닷없이 미소 지었다. "튼튼한 자전거를 빌려드릴 수도 있습니다."

자전거라! 그는 내 표정이 변하는 것을 보았다. 어릴 적 나는 자주 자전거를 타고 한참을 달렸다. 사실 지금도 스텔라와 도시락 바구니를 챙겨 기차를 타고 수문水門으로 가서는 템스 강을 따라 몇 킬로미터를 자전거로 달리기도 했다.

"바로 뒷마당에 자전거가 있답니다. 원하신다면 얼마든지 타도 좋습니다." 그리고 그는 식당을 나갔다.

한 시간 정도 자전거를 타며 지난밤의 끈적대는 거미줄과 무지근함을 떨쳐내고 기운을 차려야겠다는 생각에 무척 신이 났다. 기분이 좋아지는 느낌이었다. 더구나 나는 달아나지 않을 터였다.

대신에 제롬 씨를 찾아가 이야기를 해보기로 했다. 드래블로 부인의 서류 정리를 도와달라고 해야겠다 싶었다. 그의 사무실 직원의 손을 빌려달라고 할 수도 있을 터였다. 환한 대낮에 다른 사람과 함께라면 일 마시 하우스와 다시 마주할 용기가 났다. 가능한 한 체계적이고 효율적으로 작업하고는 어두워지기 전에 읍내로 돌아오는 것이다. 묘지 근처는 얼씬도 하지 않으리라.

육체적 건강이 정신 건강을 이토록 크게 회복시킬 수 있는 것에 놀라워하며 나는 광장으로 나섰다. 정상적이고 침착하고 활기찬 나 자신으로 다시 돌아온 듯했다. 자전거를 탈 생각에 불쑥불쑥 기쁨이 샘솟을 정도였다.

호레이시오 제롬 부동산 중개소는 광장에서 이어진 좁은 길에 자리잡은 곡물상의 이층에 있었는데, 천장이 나지막한 작은 방 두 개를 쓰고 있었다. 내 이름을 전해줄 직원이나 조수가 있을 거라는 예상과 달리 아무도 없었다. 고요하기 이를 데 없었다. 우중충한 대기실은 텅 비어 있었다. 그래서 몇 분 동안 서성이다 사무실 문으로 가서 노크를 했다. 한동안 고요가 이어지다가 의자 끄는 소리가 나더니 잰걸음 소리가 들렸다. 제롬 씨가 문을 열었다.

나를 보는 게 전혀 달갑지 않은 것이 분명했다. 그의 얼굴은 전날처럼 무표정하게 굳어 있었다. 그는 한동안 망설인 후에야 나를 사무실로 들이고는 내 얼굴을 이상하게 힐긋거리더니 내 어깨쯤으로 시선을 휙 돌렸다. 나는 일 마시 하우스에서의 일은 어땠는지 그가 묻기를 가만히 기다렸다. 하지만 그는 아무 말도 없었다. 그래서 내가 먼저 제안을 하기로 했다.

"드래블로 부인 댁에 서류가 얼마나 방대할지 짐작도 못 했답니다. 제롬 씨도 마찬가지 아니었을까 싶은데요. 몇 톤은 되는데, 그중 대부분은 쓸데없는 게 뻔합니다. 하지만 하나하나 살펴보지 않으면 안 되지요. 한동안 크라이신 기퍼드에 눌러앉지 않으려면 누가 좀 도와줘야 할 것 같아요."

제롬 씨의 표정은 패닉 그 자체였다. 낡아빠진 책상 앞에 있던 그는 나에게서 멀어지려는 듯 의자를 뒤로 뺐다. 벽을 뚫고 거리로 나갈 수만 있다면 그렇게 하지 않을까 싶었다.

"안타깝게도 저는 도와드릴 수가 없답니다, 킵스 씨. 아, 안 돼요."

"제롬 씨가 직접 도와주리라고는 예상하지 않았습니다." 나는 달래듯 말했다. "하지만 조수는 있겠지요."

"없습니다. 저 혼자 일하지요. 전혀 도움을 못 드리겠네요."

"그럼, 그럴 만한 사람을 찾게 도와주십시오. 이 고장에 약간의 지성과 몇 파운드를 벌고자 하는 열정을 갖춘 젊은이가 한 명은 있으리라 믿습니다. 제가 그를 고용하겠습니다."

그는 불안한 듯 의자 옆에 내려놓은 두 손을 꼼지락대고 문질러대고 주먹을 쥐었다 폈다를 반복했다.

"미안합니다. 워낙 작은 동네다보니 젊은 사람은 다 떠나고 없답니다. 일자리 자체가 없지요."

"그럼 제가 일자리를 제안하죠. 임시직이긴 하지만요."

"마땅한 사람이 없을 겁니다." 그는 거의 고함을 치듯 말했다.

나는 사뭇 차분한 목소리로 나지막이 대답했다. "제롬 씨, 정말 이곳 읍과 주변 지역을 샅샅이 훑어봐도 일할 능력과 시간이 있는 젊은이를, 아니 사실 나이가 좀 있어도 괜찮습니다, 아무튼 그런 사람을 단 한 명도 찾을 수 없다는 뜻입니까? 지원자가 많지는 않겠지만 그래도 한두 명 정도는 있으리라고 확신합니다. 다만 일 마시 하우스에서 일 분이라도 머물려는 사람이 절대 없을 거란 얘긴 끝내 안 하시는군요. 그 장소에 대한 이야기가 사실로 증명될지 모르는 두려움 때문에, 제가 이미 마주친 것을 자기도 마주칠 거라는 걱정 때문에 아무도 지원하지 않겠죠."

절대적 침묵이 내려앉았다. 제롬 씨의 손은 분투하는 짐승의 앞발처럼 계속 허우적거렸다. 그의 파리한 둥근 이마에 구슬땀이 맺혔다. 결국 그가 일어났고, 그 바람에 의자가 쓰러질 뻔했다. 그는 좁은 창문으로 가서 지저분한 유리 너머로 맞은편 집들과 조용한 길을 바라보았다. 내게서 등을 돌린 채 마침내 그가 입을 열었다. "케퀵이 당신을 데리러 돌아갔지요."

"네. 그 점에 대해 더없이 감사드립니다."

"케퀵은 일 마시 하우스에 대해 모르는 것이 없어요."

"그분이 드래블로 부인을 데려다주곤 했나보지요?"

그는 고개를 끄덕였다. "부인이 만날 수 있는 이라고는 그 사람뿐이었지요. 아니면……" 그의 목소리가 잦아들었다.

"살아 있는 사람은 그뿐이었겠죠." 나는 침착하게 말했다.

다시 말을 할 때 그의 목소리는 지치고 거칠어져 있었다. "그런 이야기가 있어요. 떠도는 소문인데 전혀 말도 안 되죠."

"그렇겠지요. 그런 장소라면 습지 괴물과 도깨비와 갖가지 괴담이 한 트럭 생겨나는 게 당연할 테죠."

"대부분은 그냥 헛소리예요."

"물론입니다. 하지만 전부 다 거짓은 아니지요."

"교회에서 그 여자를 보셨죠."

"또 봤습니다. 어제 오후 케퀵이 떠나고서 일 마시 하우스 주변을 산책할 때 봤어요. 오래된 묘지에서요. 그 폐허는 뭐지요? 교회, 예배당?"

"그 섬에 수도원이 있었어요. 그 집이 세워지기 훨씬 오래전, 소규모 공동체가 세상과 단절된 채 살아갔지요. 지역사에 그곳에 대한 기록이 있습니다. 몇 세기 전 버려져 무너져갔죠."

"묘지는요?"

"그건…… 일부는 후대의 것입니다. 서너 기는요."

"드래블로 집안의 무덤인가요?"

그가 느닷없이 내 쪽으로 몸을 돌렸다. 병자처럼 파리해진 그의 안색을 보고는 나는 이 대화로 인해 그가 얼마나 큰 충격을 받았으며, 얼마나 빨리 이야기를 끝내고 싶어하는지 깨달았다. 어떻게든 일을 마무리해야 했지만, 제롬 씨의 도움을 받는 것은 그 순간 포기했다. 대신 런던의 벤틀리 씨에게 바로 전화하기로 했다. 그러려면 호텔로 돌아가야 했다.

"유령이 하나든 몇이든 제가 밀려나는 일은 없을 겁니다, 제롬 씨. 물론 유쾌하진 않죠. 그래서 그 집에서 누군가와 함께 일한다면 무척 마음이 놓일 겁니다. 아무튼 일은 어떻게든 끝내야 합니다. 검은 옷을 입은 여자가 저한테 무슨 원한이 있을 것 같지는 않군요. 그런데 그 여자는 누구의 유령이죠? 아니, 누구죠?" 나는 껄껄 웃긴 했지만, 상당히 가식적으로 들렸다. "그 여자를 뭐라고 불러야 할지도 모르겠군요!"

우리 둘 다 대단히 심각한 일임을 알고 있는 이 문제를 나는 되도록 가볍게 만들고자 했다. 대수롭지 않거나, 심지어 아예 존재하지 않는 무엇처럼 치부하려 했지만, 기실 삶과 죽음의 경계선을 엿보았다는 점에서 그 어떤 경험 못지않은 강한 영향을 받았다. "저는 맞서야만 합니다, 제롬 씨. 그런 것들은 당당히 맞서야 하죠." 그렇게 말하는 와중에 새로운 결심이 내 안에서 샘솟았다.

"나 역시 그렇게 말했습니다." 제롬 씨는 측은하다는 듯 나를 바라보고 있었다. "한때…… 그렇게 말했지요."

하지만 그의 두려움으로 인해 오히려 내 결심은 굳건해졌다. 그는 약해져서 무너졌다. 무엇 때문에? 여자 하나에? 몇몇 소리 때문에? 아니면 내가 직접 알아내야 할 것이 더 있는 걸까? 물어봐야 그는 대답을 거부할 터였다. 그렇지 않더라도 신경과민인 제롬 씨가 일 마시 하우스에서 겪은 기괴하고 무시무시한 경험담을 내가 굳이 들을 필요가 있을까 싶었다. 진실이 궁금하면 나 자신의 감각이 제공하는 증거에 의지해야 한다고 나는 결론을 내렸다. 그럴 거라면 조수를 두지 않는 편이 나을 성싶었다.

나는 제롬 씨와 헤어지며, 고 드래블로 부인의 집에 그 여자나 다른 기이한 방문객이 찾아오지 않을 가능성도 있지 않겠냐고 말했다.

"꼭 그러기를 빕니다." 제롬 씨가 말하며 악수하던 손에 느닷없이 힘을 꽉 주었다. "꼭 그렇기를 빕니다."

"걱정 마십시오." 나는 부러 태연하고 활기찬 어조로 대꾸하고는 경쾌하게 계단을 내려갔다. 제롬 씨를 불안 속에 남겨둔 채.

나는 기퍼드 암스로 돌아가 벤틀리 씨에게 전화하는 대신 편지를 썼다. 그 집과 어마어마한 양의 서류에 대해 설명하고는 예상보다 오래 머물러야 하니 혹시 내가 당장 런던으로 돌아가 처리해야 할 일이 있다면 알려달라고 했다. 또한 일 마시 하우스가 현지에서 누리고 있는 악명에 대해 가볍게 언급한 다음, 안 그래도 지루한 작업인데 이런 소문까지 있어서 애를 써보았지만 도움을 얻긴 힘들 것 같다고 했다. 하지만 다음 주가 되기 전에 분류작업을 끝내고 중요해 보이는 서류를 골라서 런던으로 보내겠다고 했다.

나는 편지를 정오에 수거해가도록 로비 탁자에 올려놓고 밖으로 나가 호텔 주인의 자전거를 찾아냈다. 런던의 푸줏간 일꾼들이 타고 다닐 법한 커다란 바구니와 구부러진 손잡이가 달린 튼튼한 구식 자전거였다. 자전거에 올라탄 나는 광장을 벗어나 들판으로 이어진 골목길을 나아갔다. 자전거를 타기에 완벽한 날씨였다. 바람에 뺨이 얼얼해질 만큼 쌀쌀하면서, 탁 트인 풍경이 사방으로 끝없이 보일 만큼 대기가 맑았다.

나는 이웃 마을까지 자전거를 타고 가기로 했다. 그곳에서 시골 객점을 찾아내 빵과 치즈와 맥주를 점심으로 즐길 생각이었다. 하지만 읍에서 벗어나자 내 안에서 기이할 정도로 강한 충동이 치미는 바람에 나는 참지 못하고 자전거를 세우고서 돌아보았다. 농장과 들판과 아스라이 마을 지붕이 보일 서쪽이 아니라 동쪽을. 그곳에서 은빛 습지가 반짝이며 내게 손짓하고 있었다. 강어귀의 수면과 맞닿은 수평선 위쪽 하늘이 파리했다. 소금기를 머금은 엷은 산들바람이 불어왔다. 이처럼 멀리 떨어진 곳에서조차 그곳의 기이한 침묵이 들렸다. 기묘한 마성의 아름다움으로 인해 또다시 강한 반응이 내 안에서 일렁였다. 나는 그곳으로부터 달아나지 못할 터였다. 지금 당장은 아니지만 조만간 돌아가야만 했다. 나는 그 장소가 뿜어내는 일종의 마력에 빠져버렸고, 나의 상상력과 갈망과 호기심과 영혼이 온통 그곳으로 이끌렸다.

나는 오래도록 바라보고 또 바라보며 내게 무슨 일이 일어나고 있는지 깨달았다. 극단적 감정들이 변덕스레 너울대고, 느닷없는 두려움이 날카롭게 표면을 뚫고 나오려 했다. 마치 다른 차원에 와 있는 듯했다. 심장이 요동치고, 걸음걸이가 빨라지고, 눈에 보이는 모든 것이 더 환해진 동시에 윤곽이 더 선명하게 보였다. 전날부터 이랬다. 나 자신이 근본적으로 달라져, 마침내 집으로 돌아갔을 때 친구와 가족들이 변화를 알아차리지 않을까 싶을 정도였다. 한결 나이가 든 듯했고, 재판정에 선 사람처럼 완전히 속박된 채 반은 두려움에, 반은 경이에 사로잡혀 들떠 있었다.

하지만 이제 나는 이 격심한 감정 상태를 가까스로 억눌렀고 원래의 평정심을 되찾기 위해 운동을 하기로 했다. 그래서 자전거를 돌리고 다시 안장에 올라 시골길을 따라 쉼없이 페달을 밟으며 꿋꿋이 습지로부터 멀어졌다.

8
스파이더

네 시간 동안 환한 행복감 속에서 50킬로미터쯤을 달렸다. 시골길을 단호히 나아가며 겨울 초입으로 물들어가는 황금빛 가을의 마지막 자취를 감상하고 깨끗한 찬 공기가 얼굴에 스치는 것을 만끽하는 사이, 활기찬 육체 활동이 신경질적인 불안과 편집증적인 환상을 몰아냈다. 눈에 띈 마을 객점에서 빵과 치즈를 먹고는 어느 농부의 외양간에서 한 시간 동안 낮잠을 자기까지 했다.

나는 자부심과 만족감을 느끼며 완전히 새 사람이 되어 크라이신 기퍼드로 돌아왔다. 드래블로 부인의 집과 주변의 불길한 습지가 나에게 안겨줄 최악의 공포와 어서 맞서고 싶을 정도였다. 즉, 나는 반항심에 타올랐다. 더불어 활기가 넘쳐났다. 그리하여 광장에 들어서는 모퉁이에서 휙 자전거를 돌리다가, 좁은 공간에서 유턴하려던 커다란 자동차와 거의 부딪칠 뻔했다. 나는 방향을 틀어 브레이크를 걸고는 허둥지둥 자전거에서 내리다가 그 자동차가 바로 같이 기차를 타고 왔으며 전날 경매에서 농장을 사들였다는 새뮤얼 데일리 씨의 차임을 알아보았다. 그는 운전사더러 속도를 늦추라고 지시하고 창밖으로 상체를 내밀어 잘 지내느냐고 물었다.

"방금 주변 경치를 한 바퀴 둘러보고 오는 길입니다. 오늘 저녁은 양껏 먹으려고요." 나는 활기차게 대답했다.

데일리 씨가 눈썹을 치켜세웠다. "일은 잘되어갑니까?"

"드래블로 부인의 부동산요? 아, 조만간 정리될 겁니다. 다만 예상보다 좀 오래 머물러야 할 것 같습니다."

"그 집에 갔다 왔소?"

"그럼요."

"아."

몇 초 동안 우리는 서로를 바라보았다. 양쪽 다 그 주제를 더 밀어붙일 의지가 없어 보였다. 나는 일단 그에게 길을 비켜주고서 다시 자전거 안장에 오르며 활기차게 말했다. "솔직히 말씀드리자면, 이 일을 즐기고 있답니다. 뭔가 새로운 도전을 하는 기분이랄까요."

데일리 씨는 나를 가만히 응시하고 있었다. 나는 허풍을 치다 딱 걸린 남학생 같은 기분이 들어 시선을 피할 수밖에 없었다.

"킵스 씨, 히세가 대단하군요. 그렇게 식욕이 당기신다니 오늘 저녁은 제가 대접하죠. 일곱시에요. 호텔 주인한테 물어보면 우리 집을 알려줄 겁니다." 그리고 그는 운전사에게 손짓한 다음 좌석에 기대앉아 더는 나를 보지 않았다.

호텔로 돌아간 나는 내일을 위해 진지하게 조치를 취해나갔다. 데일리 씨의 비난에 일말의 진실이 있긴 했지만, 그럼에도 내 결심은 확고했고, 일 마시 하우스에서의 일을 계속해나갈 만반의 준비가 되어 있었다. 도시락을 만들어달라고 부탁하고, 직접 읍내를 돌아다니며 필요한 물품을 장만했다. 차와 커피와 설탕, 빵 두 덩어리, 비스킷 한 상자, 신선한 파이프용 담배, 성냥 등등. 커다란 손전등과 장화 한 켤레도 구입했다. 마음 한구석에서는 안개와 밀물이 밀려드는 와중에 습지를 건넌 기억이 생생했다. 만약 그런 일이 다시 생긴다면—그러지 않기를 간절히 빌지만—적어도 물리적인 상황에 대한 대비는 미리 해놓아야지 싶었다.

이날 밤은 호텔에서 보내고 다음 이틀 동안은 일 마시 하우스에서 지낼 계획이라고 설명하자 호텔 주인은 아무 말도 하지 않았다. 하지만 나와 똑같은 순간을 떠올리고 있다는 것은 분명했다. 꼭두새벽에 충격이 아로새겨진 얼굴로 도착해 호텔 문을 거칠게 두드리던 나. 내가 자전거를 또 빌려도 되겠느냐고 묻자 그는 그저 고개를 끄덕였다. 나는 그 방을 계속 쓰고 싶으며, 드래블로 부인의 서류를 얼마나 빨리 정리하느냐에 따라 달라지겠지만 이번 주말에는 떠날 거라고 했다.

태평스럽게 위험을 감수하는 나를 호텔 주인이 속으로 어떻게 생각했을지 그 일 이후 종종 궁금했었다. 그는 일 마시 하우스에 대해 항간에 떠도는 소문만이 아니라 진실까지도 알고 있던 것이 분명하기 때문이다. 그는 내가 런던으로 돌아가기를 바랐겠지만, 의견을 제시하거나 경고를 하거나 충고를 늘어놓는 것은 괜한 간섭이라고 여긴 게 아니었나 싶다. 또한 그날 내 태도가 그 어떤 반대나 경고도 받아들이지 않을 것임이 분명해 보였으리라. 심지어 나는 내 내면의 소리조차 무시했다. 그 무렵 나는 어떻게든 임무를 마치겠다는 고집에 사로잡혀 있다시피 했다.

그날 저녁 새뮤얼 데일리 씨는 내가 그의 집에 도착하고 몇 분도 되지 않아 내 결심을 알아차리고는 식사시간 내내 횡설수설 마구 지껄여대는 나를 대체로 말없이 가만히 바라보았다.

어렵지 않게 그의 집을 찾아간 나는 예상대로 깊은 인상을 받았다. 그는 웅장하면서도 다소 소박한 시골풍 정원이 딸린 저택에서 살고 있었다. 제인 오스틴의 소설 속 인물이 살 법한 집 같았다. 나무가 길게 늘어선 진입로 끝에 기둥이 세워진 현관이 있었고, 짧은 현관계단 양쪽에는 사자 석상과 항아리가 받침대 위에 놓여 있었다. 난간을 만들어놓은 산책로는 단정하게 정돈된 산울타리로 에워싸인, 다소 지루하지만 격식 있는 잔디밭을 굽어보고 있었다. 전체적으로 장엄하지만 약간 냉랭한 것이 데일리 씨 본인이 풍기는 분위기와는 상당히 달랐다. 그는 충분한 돈이 있었고, 마침 그 저택이 일대에서 가장 컸기에 샀을 것이다. 하지만 정작 소유주는 그 집에서 그리 편해 보이지 않았다. 게다가 얼마나 많은 방이 오랫동안 쓰이지 않고 비어 있을지 궁금했다. 서너 명의 집안 일꾼 외에 식구라고는 그와 그의 아내뿐이었다. 그의 말로는, 아들이 하나 있는데 결혼해 따로 나가 살며 자식을 하나 키우고 있다고 했다.

데일리 부인은 조용하고 수줍고 연약해 보이는 자그마한 여인으로, 그 집에서 불편해 보이긴 남편보다 더했다. 그녀는 거의 말이 없었고, 초조하게 웃었으며, 아주 가느다란 실을 코바늘로 떠 뭔가 정교한 것을 만들고 있었다.

어쨌든 그들 내외는 나를 따뜻하게 맞아주었고, 꿩구이와 크고 달콤한 파이로 이루어진 식사는 훌륭했다. 나는 내 집에 온 듯 편안했다.

식사 전과 식사하는 동안, 그리고 식사 후 응접실에서 데일리 부인이 따라준 커피를 마시며 나는 새뮤얼 데일리의 인생사와 성공담을 들었다. 그는 자신의 도전과 행운에 대해 활기차게 말하면서도 그다지 잘난 척은 하지 않았다. 그가 소유한 땅과 재산, 그가 고용했거나 부동산을 임대해준 사람들이 얼마나 되는지 말해주고는 앞으로의 계획에 대해 설명했다. 내가 이해한 바로는, 일대에서 최고의 지주가 되겠다는 지극히 단순한 꿈이었다. 아들과 어린 손자 얘기도 했다. 그는 그 두 사람을 위해 자신의 제국을 키우고자 했다. 그는 시기와 분노의 대상이 되기 쉬울 듯했다. 특히 토지와 건물 구입을 위해 경쟁한 사람들에게 미움을 살 터였다. 하지만 절대 혐오스러운 사람은 아니었다. 그러기에는 너무 단순하고 솔직하며, 자신의 야망을 조금도 부끄러워하지 않았다. 그는 영악하면서도 직설적이었고, 예리한 협상가이면서도 철저히 정직했다. 시간이 흐를수록 나는 그가 점점 좋아졌고 신뢰감까지 느꼈다. 나는 대단치는 않지만 벤틀리 씨가 기회를 준다면 이룰 수 있는 내 야망에 대해 그에게 털어놓았고, 스텔라와의 미래에 대해서도 말했다.

얌전한 데일리 부인이 자리를 떠나고 우리가 서재에서 고급 적포도주와 위스키 병이 놓인 작은 탁자를 사이에 두고 앉았을 때에야 내가 이 고장에 머물고 있는 이유가 화제로 올랐다.

데일리 씨는 적포도주를 잔에 넉넉히 따라 나에게 건네며 말했다. "그 일을 계속하는 건 어리석은 짓이오."

나는 대답하지 않고 침착하게 한두 모금 마셨다. 그의 갑작스럽고도 직설적인 언급으로 내 안에서 두려움이 불쑥 솟았지만 즉각 억눌렀다.

"제가 일을 포기하고 꼬리를 말고서 달아나야 한다고 생각하신다는 뜻이라면……"

"내 말 들어요, 아서." 나더러는 자신을 세례명으로 부르라고 하지 않으면서 그는 마치 가까운 삼촌처럼 나를 세례명으로 불렀다. "여자들이나 하는 이야기를 늘어놓지는 않겠소…… 사람들한테 그곳에 대해 물어보면 쉽게 알아낼 수 있을 거요. 어쩌면 이미 들었는지도 모르지."

"아뇨. 그저 암시뿐이었어요. 제롬 씨는 좀 파리하게 질렸고요."

"하지만 그곳에 가보았잖소."

"그곳에 갔고 다시는 겪고 싶지 않은 경험도 했지요. 솔직히 그 일은 설명할 수조차 없습니다."

그리고 나는 처음부터 끝까지 다 털어놓았다. 장례식장과 옛 묘지에 나타난 쇠약한 얼굴의 여자, 안개에 에워싸인 채 습지를 가로지르다 들은 끔찍한 소리. 그는 손에 잔을 들고 무덤덤하게 앉아서는, 이야기가 끝날 때까지 방해하지 않고 가만히 듣고만 있었다.

"데일리 씨, 아무래도 제가 일 마시와 묘지를 떠도는 유령을 보았던 것 같습니다. 검은 옷을 입은 쇠약한 얼굴의 여자가 사람들이 유령이라고 부르는 바로 그것이고, 살아 숨쉬는 진짜 사람이 아니라는 데 일말의 의심도 없습니다. 하지만 저한테 아무 해도 끼치지 않았어요. 말을 걸지도, 가까이 오지도 않았죠. 물론 그런 모습을 보는 게 기분 좋은 일은 아니죠. 더구나 그 여자에게서 느껴지는, 뭐랄까…… 힘은 더더욱 싫습니다. 하지만 그래봐야 그 힘은 두려움을 불러일으키는 것 이상은 아니라고 확신합니다. 그곳에 갔다가 또다시 그 여자를 본다 해도 이번에는 마음의 준비가 단단히 되어 있을 겁니다."

"그 마차는?"

나는 대답할 수 없었다. 그 소리는 더, 훨씬 더 끔찍하고 섬뜩했다. 보진 못하고 소리만 들었던데다 아이의 비명은 평생 잊지 못할 터였다.

나는 고개를 저었다. "저는 달아나지 않을 겁니다."

새뮤얼 데일리의 집 벽난로 앞에 앉아 있노라니 결의와 용기가 샘솟았다. 또한 그런 스스로가 자랑스러웠다. 그도 그런 점을 눈치챈 듯했다. 남자라면 모름지기 거인들과 맞서 싸우기 위해 무장을 하고 전쟁터로 나서야 하는 법이리라.

"거기 가서는 안 되오."

"가야 할 것 같습니다."

"혼자 가서는 안 되오."

"같이 갈 사람을 구할 수 없었어요."

"그랬겠지."

"이런, 데일리 씨. 드래블로 부인은 거기서 혼자 오래도록, 정확히 얼마나였죠? 육십 년? 아무튼 백발이 되도록 무사히 지냈잖습니까? 주위를 맴도는 유령과 친해진 게 분명합니다."

"그래요." 그가 일어났다. "어쩌면 그랬는지도 모르겠소. 자, 번스가 호텔까지 태워드릴 겁니다."

"아니요, 걷고 싶습니다. 신선한 공기를 쐬는 것이 너무 좋거든요." 사실 나는 자전거를 타고 왔다. 하지만 데일리 씨의 웅장한 저택을 맞닥뜨리고는 자전거를 대문 근처 도랑에 숨겨두었다. 그 근사한 진입로를 자전거로 올라가는 것은 어울리지 않는 듯했기 때문이다.

내가 즐거운 저녁 초대에 대해 감사 인사를 하고 코트를 입는 동안, 그는 뭔가 곰곰이 생각하는 것 같더니 마지막 순간 불쑥 말했다. "생각은 여전히 변함없소?"

"네."

"그럼, 개를 데려가시오."

나는 껄껄 웃었다. "개를 갑자기 어디서 구하겠습니까?"

"우리 개를 데려가요." 그는 내 앞을 성큼성큼 지나 밖으로 나가더니 계단을 내려가 저택 옆의 어둠 속으로 들어갔다. 아마도 그곳에 별채가 있는 듯했다. 그의 염려에 살짝 감동받은 나는 즐거운 마음으로 기다렸다. 유령한테 개가 무슨 소용이 있을까 싶긴 했지만, 데일리 씨의 제안을 거절하고 싶지는 않았다. 나는 개를 좋아했다. 그 춥고 텅 빈 낡은 집에서 살아 숨쉬는 따뜻한 생명체와 함께 있으면 좋을 듯했다.

몇 분 후 데일리 씨의 신중한 걸음을 자박자박 쫓아오는 소리가 들렸다.

"녀석을 데려가요. 일을 다 마치고 나서 돌려주시오."

"저랑 같이 가려고 할까요?"

"내가 명령하면 그렇게 할 거요."

나는 발아래를 내려다보았다. 자그마하지만 튼튼한 테리어 한 마리가 눈을 반짝이며 서 있었다. 얼룩무늬 털은 헝클어져 있었다. 데일리 씨의 발치에 바짝 붙어 꼼짝도 하지 않던 녀석은 내 존재를 알아차리고 꼬리를 잠깐 흔드는 것이 다였다.

"이름이 뭐죠?"

"스파이더고, 암컷이라오."

개가 다시 꼬리를 쳤다.

"잘됐군요. 솔직히 녀석과 같이 지낼 생각을 하니 기쁩니다. 감사합니다." 나는 돌아서서 드넓은 진입로를 내려갔다. 그러다 몇 미터쯤 가다 말고 돌아보며 불렀다. "스파이더. 이리 와. 스파이더." 녀석이 꿈쩍도 않자 나는 바보가 된 기분이었다. 그 순간 새뮤얼 데일리가 빙그레 웃더니 손가락을 탁 튕기며 뭐라고 한마디 했다. 스파이더가 즉각 내 쪽으로 뛰어와 발치에 고분고분 따라붙었다.

나는 저택에서 보이지 않는다고 확신하고 나서야 자전거를 도랑에서 꺼냈다. 달빛이 드리운 고요한 길에서 개가 나를 쫓아 활기차게 읍내를 향해 뛰었다. 나는 기운이 났다. 이상하게도 내일 하루가 기대되었다.

9
아이 방

맑고 화창한 날씨가 계속되었다. 커튼을 젖히자 또다시 푸른 하늘이 환한 햇살을 내뿜고 있었다. 밤새 기이한 단편적 꿈에 시달리느라 선잠을 잤다. 아마도 데일리 씨 댁에서 너무 많이 먹고 마신 탓인 듯했다. 하지만 기분은 여전했다. 옷을 입고 아침을 먹을 때만이 아니라 일 마시 하우스로 떠날 준비를 하면서도 내내 결심은 흔들리지 않았고 잘될 거라 믿었다. 자그마한 스파이더는 놀랍게도 침대 발치에서 미동도 않고 잤다. 개에 대해 잘 알지는 못하지만 녀석이 점점 마음에 들었다. 활달하고 영리하면서도 완벽하게 순종적이었다. 우스꽝스럽게도 덥수룩한 눈썹 모양으로 뭉친 털 아래 반짝이는 눈이 매우 영리해 보였다. 함께 지내면 무척 즐거울 듯했다.

9시가 막 지났을 때 호텔 주인이 전화가 왔다며 나를 불렀다. 벤틀리 씨였다. 전화 통화를 무척 싫어하는 그인지라 딱딱하고 퉁명스러운 목소리였다. 그는 편지를 받았으며, 드래블로 가의 서류를 정리해 케케묵은 허섭스레기 사이에서 중요한 것만 추려낼 때까지 며칠 더 머물러도 좋다고 했다. 로펌에서 처리할 필요가 있어 보이는 서류는 골라 소포로 부치고, 나머지는 미래의 상속자가 알아서 하도록 남겨두고 런던으로 돌아오라고 했다.

"좀 기이한 곳이에요." 나는 말했다.

"살던 사람 자체가 좀 기이했지." 벤틀리 씨가 수화기를 쾅 내려놓는 소리가 귀를 때렸다.

9시 30분에 나는 자전거 바구니와 상자를 꾸려 출발했다. 스파이더가 뒤에서 종종대며 따라왔다. 지체했다가는 밀물이 방죽길로 밀려들 터였다. 탁 트인 습지를 나아가는데, 대단치는 않지만 나름 배수진을 쳤다는 생각이 들었다. 중요한 것을 두고 왔다 해도 몇 시간 동안은 가지러 돌아갈 수 없을 터였다.

태양이 하늘 높이 떠 있어 물이 반짝였다. 사방이 빛이었다. 빛과 공간과 광휘. 공기 자체가 깨끗해져 훨씬 상쾌한 듯했다. 은회색과 흰색의 바다새들이 솟구쳐오르거나 급강하했고, 곧은 방죽길 끝에서 일 마시 하우스가 어서 오라며 내게 손짓했다.

도착하고 삼십여 분 동안은 그곳에서 지낼 준비를 하느라 분주했다. 집 뒤쪽 다소 음침한 부엌에서 그릇과 나이프와 포크와 숟가락을 찾아내 나중을 위해 미리 설거지하고 물기를 닦아 정리해두었다. 식품저장실 한쪽을 비워 내가 가져온 식량으로 채웠다. 이층 서랍과 장롱을 뒤져 깨끗한 리넨과 담요를 찾아 불을 지펴둔 응접실 벽난로 앞에 걸어 말렸다. 작은 거실과 식당에도 불을 지폈다. 몇 번의 시행착오 끝에 커다란 검은 화덕에까지 불을 붙였다. 덕분에 저녁때 뜨거운 물로 목욕을 할 수 있을 듯했다.

이윽고 블라인드를 모두 걷어올리고 창문 몇 개를 열고는, 하늘과 습지와 강어귀 경치가 가장 빼어난 모닝 룸 창 앞 커다란 책상에 자리를 잡았다. 곁에는 서류가 든 서랍장 두 개가 있었다. 오른손 옆에 찻주전자를, 발치에 스파이더를 거느린 채 나는 일을 시작했다. 꽤나 지루했지만 꾸준히 해나갔다. 쓸모없는 오래된 서류 꾸러미를 하나하나 풀어 살펴보고는 미리 준비해둔 빈 상자에 던져넣었다. 삼사십 년 묵은 영수증, 청구서, 가계부. 은행 입출금 내역서, 처방전, 목수와 유리공과 장식가의 견적서. 누군지 알 수 없는 사람들이 보낸 편지가 수두룩했다. 크리스마스카드와 기념일 카드도 있었지만 하나같이 오래전에 받은 것들이었다. 런던의 백화점에서 보낸 계산서와 쇼핑목록과 치수를 적어놓은 것도 있었다.

편지는 나중에 자세히 읽어보려고 따로 챙겨두었다. 나머지는 모두 쓰레기였다. 때때로 지루함을 덜려고 널따란 창문으로 습지를 내다보았다. 겨울 햇살에 그림자 하나 없는 고요와 적막한 아름다움을 자아내고 있었다. 나는 햄과 빵과 맥주로 직접 점심을 만들어 먹고는, 2시가 지났을 즈음 스파이더를 불러 산책을 나갔다. 나는 차분하면서도 기운이 넘쳤다. 아침 내내 일을 했던 터라 몸이 약간 뻣뻣했고 지루하긴 했지만 초조하지는 않았다. 사실상 이 집과 습지를 처음 방문했을 때 경험한 공포와 유령은 삽시간에 나를 삼켜버렸던 안개와 함께 사라져버린 듯했다. 대기는 건조하고 신선했다. 일 마시 하우스 주위를 거닐며 이따금 막대기를 던져주면 개가 신이 나서 쫓아가 물고 돌아왔다. 나는 완전히 긴장을 풀고 깨끗한 공기를 깊이 들이마셨다. 심지어 묘지가 있는 폐허까지 나아갔다. 스파이더는 실제의 혹은 가상의 토끼를 쫓아 여기저기 들쑤시며 종종 앞발로 미친 듯이 땅을 파다가 신이 나서 뛰어다녔다. 아무도 보이지 않았다. 풀밭에 드리운 그림자도 없었다.

한동안 나는 오래된 비석 사이를 거닐며 이름을 읽어보려고 애썼지만 어림도 없었다. 그러다 지난번 검은 옷을 입은 여인이 서 있던 자리에 이르렀다. 그녀가 기대고 있던—기억으로는 여기가 거의 확실했다—비석에서 드래블로라는 이름을 알아볼 수 있었다. 긴 세월 강어귀에서 세찬 겨울바람에 실려왔을 소금 침전물이 글자를 뒤덮고 있었다.

……닛 드래블로

……190……

……니얼 ……블로

……함께 잠들……

고…… 을 기리……

교회 말고 다른 곳에 더는 쓰지 않는 드래블로 가족묘가 있다던 제롬 씨의 말이 떠올라 나는 이곳이 오래전 드래블로 조상들이 묻힌 장소일 거라고 짐작했다. 하지만 아무것도, 아무도 없었다. 오래된 뼈뿐이었다. 나는 전혀 두려움 없이 침착하게 서 있었다. 전에 기괴하고 사악하고 불길해 보였던 풍경을 가만히 보고 있으려니 인적이 끊긴 채 금방 무너질 듯한 것이 그저 서글프게만 느껴졌다. 백여 년 전이었다면 낭만적인 시인들이 머물며 영감을 받아 진저리쳐지게 슬픈 시를 지어냈을 그런 장소였다.

나는 개와 함께 집으로 돌아갔다. 날씨는 이미 한층 쌀쌀해졌고, 해가 기울며 하늘에서 빛이 서서히 걷혀갔다.

집 안으로 들어온 나는 차를 끓이고 벽난로에 장작을 넣었다.

다시 책상 앞에 앉아 지루하기 짝이 없는 서류 정리에 들어가기 앞서 응접실 책장을 대충 훑으며 저녁에 읽을거리를 찾아냈다. 월터 스콧 경의 소설과 존 클레어의 시집이었다. 나는 이층으로 올라가 미리 골라둔 작은 침실의 서랍장 위에 책을 올려두었다. 그 방은 집 정면에 면해 있지만 다른 방들에 비해 크지도 춥지도 않아 그나마 아늑할 듯했다. 창밖으로는 저 멀리 강어귀와 맞닿은 습지가 내다보였다. 목을 길게 빼면 나인 라이브스 코즈웨이도 보였다.

서류 정리를 하다보니 저녁이 되어 어스름이 깔렸다. 나는 찾아낸 모든 램프를 밝히고, 커튼을 치고, 식기실 문밖에 있던 별채의 창고에서 석탄과 장작을 더 가져왔다.

상자에 쌓인 허섭스레기 더미가 점점 높아지는 반면, 자세한 검토가 필요한 서류는 몇 되지 않았다. 나는 집 안을 뒤져 서랍과 상자에 가득한 서류를 또 가져왔다. 이런 속도라면 늦어도 이틀하고 반나절이면 끝낼 수 있을 터였다. 나는 다소 간소하긴 하지만 그럭저럭 나쁘지 않은 저녁을 스파이더와 함께 먹으며 셰리주를 한잔 마셨다. 그러고는 일에 지친 몸을 이끌고 집 주변을 한 바퀴 돈 뒤 문을 잠갔다.

사방이 고요했다. 약한 바람 한 줄기 없었다. 물이 철썩이는 소리조차 거의 들리지 않았다. 새들은 어둠을 피해 잠자리에 든지 오래였다. 검은 습지가 소리없이 몇 킬로미터 너머까지 뻗어 있었다.

나는 일 마시 하우스에서 그날 있었던 일을, 아니 실제로는 아무 일도 일어나지 않았던 하루를 되도록 상세히 이야기했다. 당시 내가 차분하고 침착한 상태라는 것을 스스로 확인하기 위해서였다. 이미 나는 두려움과 공포를 몰고 왔던 기이한 사건을 거의 잊고 있었다. 설령 떠오른다 해도 그저 어깨를 으쓱하면 그만이었다. 아무 일도 없었고, 어떤 해도 입지 않았다. 그저 무탈하고 시시하고 평범한 하루였다. 스파이더는 훌륭한 벗이 되어주었다. 낡고 텅 빈 커다란 집에서 녀석이 나지막이 숨쉬고 이따금 덜걱대거나 긁어대는 소리를 들으면 기분이 유쾌해졌다. 하지만 내 마음에 가장 크게 자리잡은 감정은 지루함과 무기력, 어서 일을 마무리짓고 런던으로 돌아가 사랑하는 스텔라와 함께 있고픈 갈망이었다. 우리 집을 사면 스파이더를 꼭 닮은 작은 개를 키우자고 스텔라에게 말해야겠다 결심했던 기억이 난다. 사실 스파이더가 새끼를 낳으면 한 마리 달라고 새뮤얼 데일리 씨에게 부탁할 셈이었다.

나는 집중해서 열심히 일하다 이따금 바람을 쐬고 몸을 움직였다. 침대에 누워서는 삼십 분 동안 『미들로디언의 중심부』를 읽었다. 개는 침대 발치의 러그 위에 엎드려 있었다. 램프를 끄자마자 바로 깊이 잠들었던 듯하다. 화들짝 잠에서 깨었을 때—혹은 뭔가에 의해 깨어났을 때—한동안 멍하니 정신이 없었기 때문이다. 일이 초 동안 여기가 어디고 왜 여기 있는지 아무 생각이 없었다. 꽤 어두운 것 같았지만 일단 어둠이 눈에 익자 창문으로 쏟아지는 달빛이 보였다. 다소 묵직하고 두꺼운 커튼을 걷어둔데다 창문도 살짝 열려 있었다. 자수 이불과 검은 나무 옷장과 서랍장과 거울에 내려앉은 달빛은 차가운 아름다움을 품고 있었다. 나는 침대에서 일어나 창가로 가서 습지와 강어귀를 내다볼까 고민했다.

처음에는 무척 조용하고 고요한 듯했다. 왜 잠을 깼는지 의아했다. 그러다 스파이더가 일어나 문 앞에 서 있는 것을 보고는 심장박동의 박자가 어긋났다. 녀석은 귀와 꼬리만이 아니라 털까지 온통 곤두세운 채 완전히 긴장한 것이 당장이라도 뛰어나갈 기세였다. 녀석의 목구멍 깊은 곳에서 나직하면서도 부드러운 으르렁 소리가 울려나왔다. 나는 침대에 앉은 채로 마비된 듯 얼어붙었다. 오로지 개와, 내 피부를 뒤덮은 소름과, 불길하고 끔찍하게 변해버린 듯한 침묵에 온 신경이 집중되었다. 바로 그 순간 집 안 어딘가 깊은 구석에서, 하지만 이 방과 그리 멀지는 않은 곳에서 무슨 소리가 났다. 희미한 소리에 나는 촉각을 곤두세웠지만 무슨 소리인지 가늠할 수가 없었다. 규칙적이되 간헐적으로 쿵쿵거리거나 드르륵거리는 듯한 소리였다. 그뿐이었다. 발소리도, 바닥의 판자가 삐걱대는 소리도 없었다. 대기는 절대적으로 고요했다. 창문으로 바람 한 줄기 들어오지 않았다. 그저 먹먹한 소리만 계속되었고, 개는 털을 곤두세우고 문 앞에 서서는 바닥 쪽 문틈에 코를 대고 킁킁대더니 뒤로 물러나 고개를 갸우뚱하며 나처럼 온 신경을 집중해 소리를 들었다. 그리고 이따금씩 으르렁거렸다.

나는 몸이 부르르 떨리고 심장이 제멋대로 방망이질하는데도 결국 침대에서 일어났다. 아무 일도 일어나지 않았고 개와 함께 있었기 때문이 아니었나 싶다. 하지만 침실 문을 열고 어두운 복도로 나설 용기를 짜내기까지는 한동안 시간이 걸렸다. 마침내 문을 열자 스파이더가 총알같이 뛰쳐나갔다. 녀석은 닫힌 문마다 열심히 코를 킁킁대면서 여전히 으르렁댔다.

얼마 후 또 이상한 소리가 났다. 내 왼쪽, 복도 끝에서부터 들려오는 듯했다. 하지만 무슨 소리인지 여전히 알 수 없었다. 나는 숨을 죽이고 촉각을 곤두세운 채 복도 끝으로 조심조심 걸음을 옮겼다. 스파이더가 앞장섰다. 복도 양쪽에 침실 세 개가 있었다. 방들을 하나하나 지날 때마다 나는 용기를 끌어모아 문을 열고 안을 들여다보았다. 아무것도 없었다. 묵직한 구식 가구와 정돈되지 않은 텅 빈 침대뿐이었다. 집 뒤쪽에 면한 방에는 달빛이 드리워 있었다. 아래 일층에는 짙게 피어올라 거의 손으로 만져질 듯한 침묵과 퀴퀴하고 펠트처럼 두꺼운 어둠뿐이었다.

바로 그 순간, 복도 끝방에 이르렀다. 앞서 도착한 스파이더가 온몸이 뻣뻣하게 굳은 채 문 아래에 코를 대고 킁킁대며 더 크게 으르렁댔다. 나는 녀석의 목덜미에 손을 얹어 거칠고 짧은 털을 쓰다듬어주었다. 녀석만이 아니라 나 자신도 진정시키기 위해서였다. 녀석의 온몸에서 팽팽한 긴장이 느껴졌고 나 자신의 긴장까지도 감지할 수 있었다.

그것은 열쇠구멍이 없는 문이었다. 그래서 일 마시 하우스를 처음 방문했을 때 그 문은 열 수 없었다. 문 너머에 무엇이 있을지 전혀 알 수 없었다. 그저 거기서 소리가 난다는 것뿐. 그리 크지는 않지만 나무문 너머에서 들릴 만큼은 큰 소리. 뭔가가 리드미컬하면서도 부드럽게 바닥에 부딪히는 소리였다. 왠지 익숙하지만 정확히 뭔지는 알 수가 없었다. 내가 과거에 들었던 소리 같았다. 마음 깊은 곳에 박혀 반쯤 잊혀진 오랜 기억 속의 소리였다. 다른 곳에서 들었더라면 두렵기는커녕 묘하게 편안하고 친근하게 들렸을 터였다.

그런데 내 발치에서 스파이더가 겁에 질려 애처롭고도 가느다랗게 낑낑대더니 문에서 약간 물러나 내 다리에 몸을 비볐다. 나는 입안이 마르고 목구멍이 조이고 몸이 부들부들 떨렸다. 그 방에 뭔가가 있었다. 나는 방에 들어갈 수도 없고, 설령 들어갈 수 있다 해도 그러고 싶지 않았다. 방에 갇힌 새 아니면 쥐일 거라고, 굴뚝에서 떨어져 벽난로로 들어왔다가 도로 나가지 못하는 것뿐이라고 혼잣말을 중얼거렸다. 하지만 그것은 겁에 질린 자그마한 생명체가 내는 소리가 아니었다. 쿵 쿵. 침묵. 쿵 쿵. 침묵. 쿵 쿵. 쿵 쿵. 쿵 쿵.

나는 밤새 당혹과 공포에 휩싸여 그 자리에 못 박힌 듯 서 있거나, 개와 함께 걸음아 날 살려라 하고 그 집에서 뛰쳐나갈 것만 같았다. 하지만 또다른 소리가 희미하게 들렸다. 내 뒤에서 나는 소리였다. 내 바로 뒤쪽이 아니라 집 앞쪽에서였다. 나는 잠긴 문에서 돌아서서 부들부들 떨리는 손으로 벽을 더듬어가며 원래 있던 침실로 돌아왔다. 어두운 복도에 비스듬히 드리운 달빛이 나를 이끌어주었다. 개는 나보다 반걸음 앞서 걸어갔다.

방에는 아무것도 없었다. 침대는 내가 누웠다가 일어난 그대로였다. 그 어떤 흔적도 없었다. 그제야 나는 소리가 이 방 안이 아니라 창밖에서 나는 것임을 깨달았다. 나는 덧창을 되도록 높이 올리고는 밖을 내다보았다. 은회색의 텅 빈 습지와 보름달이 뒤집어져 비친, 거울처럼 납작한 강어귀가 보였다. 그뿐이었다. 아무도 없었다. 그저 멀리서, 아주 멀리서 나는 파도 소리뿐이었다. 그래서 나는 반쯤은 기억 속의 그 비명, 아이의 비명을 되살려내 듣고 있는 건 아닐까 생각했다. 하지만 아니었다. 약하디약한 바람이 수면을 휘저으며 잔물결을 일으키고는 갈대숲을 바스락거리며 지나쳐 멀어져갔다. 그뿐이었다.

발목에 뭔가 따뜻한 것이 느껴졌다. 내려다보니 스파이더가 바짝 붙어서서 나를 부드럽게 핥고 있었다. 내가 쓰다듬어주자, 녀석은 긴장을 풀고 귀를 늘어뜨리며 다시 차분해졌다. 나는 가만히 귀를 기울였다. 집 안에서는 아무 소리도 들리지 않았다. 얼마 후 나는 복도로 나와 닫힌 문으로 갔다. 스파이더는 신이나 쫓아와서는 고분고분히 서 있었다. 아마도 문이 열리기를 기다리는 듯했다. 나는 문에 머리를 가져가 댔다. 아무 소리도 들리지 않았다. 절대적인 정적. 손잡이를 쥐자 심장이 다시 날뛰기 시작해 망설여졌다. 하지만 심호흡을 몇 번 하고서 문을 열어보았다. 열리지 않았다. 하지만 문 너머에서 덜거덕대는 소리가 메아리쳤다. 바닥에 카펫이 깔려 있지 않은 듯했다. 나는 다시 한번 시도해보았다. 어깨로 문을 살짝 밀었다. 문은 꿈쩍도 하지 않았다.

결국 나는 침대로 돌아왔다. 스콧의 소설을 두 장章 더 읽었지만 글자가 제대로 눈에 들어오지 않았다. 나는 램프를 껐다. 스파이더는 다시 러그 위에 엎드려 있었다. 2시가 막 지난 시간이었다.

한참 후에야 나는 다시 잠들 수 있었다.

다음 날 아침 내가 가장 먼저 알아차린 것은 날씨의 변화였다. 7시 좀 못 되어 눈을 뜨니 습기가 물씬 느껴졌고 전날보다 훨씬 추웠다. 창밖을 내다보았지만 육지와 물의 경계는 물론이고 물과 하늘의 경계도 잘 알아볼 수 없었다. 모든 것이 균일한 잿빛이었다. 습지 위로 나지막이 먹구름이 펴져 있고, 이슬비가 내렸다. 기운이 날 만한 날씨가 아니었다. 게다가 전날 밤의 일로 몸이 찌뿌드드하고 마음이 초조했다. 하지만 스파이더는 활기차게 계단을 내려갔다. 나는 얼른 벽난로와 화덕에 불을 지피고는 목욕을 하고 아침을 먹은 후 한결 기운을 차렸다. 이층에 다시 올라가 복도 끝의 잠긴 문으로 가보기까지 했다. 이상한 소리는커녕 그 어떤 소리도 들리지 않았다.

9시에 밖으로 나가 자전거를 탔다. 열심히 페달을 밟아 상당한 속도로 방죽길을 지나 크라이신으로 향하는 시골길을 달렸다. 뒤에서 쫓아오던 스파이더는 이따금씩 잠깐 도랑 바닥을 파거나 마침 들판을 지나던 짐승을 쫓아갔다.

나는 호텔 안주인에게 부탁해 바구니 가득 음식을 채우고는 상점에 가서 식품을 더 구입했다. 호텔 안주인과 상점 주인, 골목길에서 우연히 마주친 제롬 씨와 나는 이런저런 소소한 이야기를 짧게 나누었다. 일 마시 하우스에서의 일에 대해서는 아무 얘기도 하지 않았다. 비록 음울하고 습한 날씨이긴 했지만 햇빛이 내 용기와 결심을 도로 되살려내며 밤의 두려움을 증발시켜 주었다. 더구나 스텔라에게서 편지가 와 있었다. 내가 없어서 너무나 슬프지만 내가 새로운 임무를 부여받아 너무나 자랑스럽다는 흐뭇한 감탄으로 가득했다. 그 다정한 편지를 안주머니에 넣고서 나는 자전거를 타고 휘파람을 불며 습지와 저택으로 향했다.

아직 점심시간도 되지 않았는데 구름이 워낙 짙어 집 안의 불이란 불은 다 켜야 했다. 그런데도 일을 하기에는 너무 어둑했다. 창문 바로 앞조차도 그랬다. 밖을 내다보니 구름이 두꺼워진 데다 빗방울도 굵어져 있었다. 습지 가장자리의 풀밭 너머는 거의 보이지도 않았다. 오후로 접어들자 구름과 비가 한데 엉겨 안개로 변해갔다. 기가 약간 꺾인 나는 짐을 싸서 편안한 읍내로 돌아가야겠다 싶었다. 현관문을 열고 밖으로 나갔다. 습기가 미세한 거미줄처럼 곧장 내 얼굴과 옷에 들러붙었다. 바람도 한결 강해졌다. 강어귀를 휘갈긴 바람이 나를 덮치며 뼛속까지 추위가 스몄다. 스파이더가 1, 2미터를 달려가더니 우뚝 멈춰 서서 나를 돌아보았다. 이런 우중충한 날씨에 멀리까지 가도 될지 모르겠다는, 가고 싶지 않다는 듯한 기색이었다. 나지막하게 걸린 구름과 안개가 들판을 온통 뒤덮어 그 너머의 폐허와 묘지 담장이 보이지 않았다. 방죽길 역시 보이지 않았다. 하지만 안개 때문만은 아니었다. 밀물 때였던 것이다. 다시 바닷물이 빠지려면 늦은 밤은 되어야 할 터였다. 이러나저러나 크라이신 기퍼드로 돌아갈 수 없는 상황이었다.

내가 휘파람을 불자 개가 좋아라 하며 얼른 달려왔다. 나는 드래블로 부인의 서류작업으로 돌아갔다. 지금껏 흥미로울 만한 것은 얇은 서류와 편지 뭉치가 다였다. 저녁을 먹고 나서 기분전환 삼아 그것들을 읽어보기로 했다. 그 전까지는 쓸데없는 종이를 몇 더미나 정리했다. 빈 상자와 서랍을 보고 기운이 나는 동시에, 여전히 가득 차 분류되길 기다리는 상자와 서랍을 보니 맥이 빠졌다.

가느다란 자주색 리본으로 묶여 있던 첫번째 편지 뭉치는 모두 육십 년 전 2월과 그 이듬해 여름 사이에 같은 사람이 쓴 편지였다. 편지를 보낸 주소지는, 지도를 본 기억을 더듬어봤을 때 크라이신 기퍼드에서 30킬로미터 떨어진 마을의 저택이었다가 나중에는 스코틀랜드 에든버러보다도 먼 시골로 바뀌었다. 모두 '사랑하는 언니에게'나 '그리운 앨리스 언니에게'라고 적혀 있었으며, 대부분 'J'라고 서명이 되어 있었고, 이따금 '제닛'이라고 적혀 있기도 했다. 편지는 짤막했으며, 직접적이고 다소 순진한 어조였다. 편지에 적힌 사연은 감동적이긴 했지만 특별한 것은 아니었다. 편지를 쓴 젊은 여자는 드래블로 부인의 친척인 듯했는데, 미혼인 채로 임신했다. 처음에는 부모와 함께 살다가 나중에 먼 곳으로 보내졌다. 아이 아버지에 대해서는 'P'라는 이니셜이 두어 번 나왔을 뿐 거의 언급이 없었다. 'P는 여기로 돌아오지 않을 거야.' 'P는 해외로 파견된 것 같아.' 편지를 쓴 여자는 스코틀랜드에서 아들을 낳았고, 곧 아들에 대해 절망적이고도 강렬한 사랑이 담긴 편지를 보내왔다. 그리고 몇 달 동안 편지가 끊겼다. 그러다 다시 보내기 시작한 편지는 처음엔 강렬한 분노와 저항이 가득했지만 나중에는 조용하지만 쓰라린 체념으로 얼룩져 있었다. 아이를 입양 보내라는 압력에 시달리고 있었던 것이다. 그녀는 '절대 헤어질 수 없다'며 몇 번이고 거부했다.

"이 아이는 내 아들이야. 그런데 왜 내가 키우면 안 된다는 거지? 모르는 사람들한테 자식을 보낼 수는 없어. 그러느니 차라리 아이와 함께 죽어버리겠어."

그러다 어조가 달라졌다.

"달리 어쩌겠어? 내가 할 수 있는 게 없는걸. 언니와 M이 입양해준다면 내 마음이 조금은 덜 아플 거야." 그리고 다시, "꼭 그래야 한다고 생각해."

하지만 마지막 편지 끝에는 작고 읽기 힘든 필체로 이렇게 적혀 있었다. "친자식처럼 아끼고 사랑해줘. 하지만 그애는 내 아들이야, 내 아들. 절대 언니 자식일 수 없어. 아, 날 용서해. 내 심장이 갈가리 찢길 것 같아. J가."

같은 편지 꾸러미에 변호사가 작성한 간단한 서류가 끼여 있었다. 크라이신 기퍼드의 일 마시 하우스에 거주하는 모건 토머스 드래블로와 그의 아내 앨리스가 제닛 험프리의 젖먹이 아들 너새니얼 피어스턴을 입양한다는 내용이었다. 입양 증서에는 다른 서류 세 장이 첨부되어 있었다. 첫번째는 하이드 파크 게이트에 사는 귀부인 M이 로즈 저드라는 유모에 대해 쓴 추천서였다.

나는 그것을 읽고 옆에 내려놓은 뒤 한 번 접혀 있는 서류를 펼치려다가 화들짝 놀라 고개를 들고는 현재로 돌아왔다. 무슨 소리가 났다.

스파이더가 문 앞에서 전날 밤처럼 나지막이 으르렁대고 있었다. 녀석을 살펴보니 목덜미의 털이 곤두서 있었다. 나는 잠시 공포에 질려 움직일 수가 없었다. 그러다 일 마시 하우스의 유령을 찾아내 정면대결하기로 했던 결심이 떠올랐다. 내가 달아나려고 할수록 그것들은 더 바짝 쫓아올 것이며, 나를 괴롭히는 힘은 더 커지리라고 확신했다. 혹은 햇살이 비치는 동안 그렇게 확신했었다. 그리하여 나는 서류를 내려놓고 일어나 조용히 걸어가서 내가 있던 작은 거실 문을 열었다.

스파이더가 토끼라도 쫓듯 곧장 뛰쳐나가더니 계속 으르렁대며 계단을 올랐다. 녀석이 이층 복도를 달려가다가 멈추는 기척이 났다. 잠긴 문 앞에 가 있었다. 일층까지 바로 그 기이하고도 리드미컬한 소리가 희미하게 들렸다. 쿵 쿵, 침묵, 쿵 쿵, 침묵, 쿵 쿵……

할 수만 있다면 문을 부수고라도 방에 들어가 소리의 정체를 알아내고자 마음을 굳힌 나는 주방과 식기실로 가서 튼튼한 망치나 끌 같은 도구를 찾아보았다. 하지만 쓸 만한 것이 없었다. 그러다 장작이 쌓여 있는 별채 창고에 도끼가 있던 것이 떠올랐다. 나는 손전등을 들고서 뒷문을 열고 밖으로 나갔다.

대기에는 여전히 안개와 눅진한 습기가 맴돌고 있었지만, 방죽길을 가로지르던 밤처럼 빽빽이 모여 소용돌이치지는 않았다. 하지만 칠흑같이 컴컴했다. 달빛도 별빛도 없었다. 나는 손전등을 들고도 더듬더듬 별채로 향했다.

도끼를 찾아내 돌아가는데 무슨 소리가 들렸다. 처음 들었을 때는 집에서 겨우 몇 미터 떨어진 아주 가까운 곳에서 나는 줄 알았다. 나는 내처 가는 대신 방향을 틀어 재빨리 현관문 쪽으로 갔다. 누가 찾아온 줄 알았다.

자갈밭에 이르러 방죽길의 어둠 속으로 손전등을 비추어보았다. 달가닥달가닥하는 조랑말의 말발굽 소리와 삐걱거리는 마차 소리가 가까워지고 있었다. 하지만 아무것도 보이지 않았다. 그 순간 뒤늦은 깨달음으로 나는 비명을 질렀다. 방문객은 없었다. 적어도 진짜 사람이, 케퀵이 찾아온 것은 아니었다. 그 소리는 이제 다른 쪽에서 나고 있었다. 조랑말과 마차가 방죽길에서 벗어나 습지로 들어서고 있었다.

나는 끔찍한 공포에 질려 안개로 뒤덮인 어둠을 향해 촉각을 곤두세웠다. 이 소리와 진짜 마차 소리가 어떻게 다른지 파악해 보려고 했다. 하지만 아무 차이도 느껴지지 않았다. 앞이 보여 갈 수만 있었다면 분명 그쪽으로 달려가 마차에 뛰어올라 마부와 맞섰으리라. 하지만 아무것도 할 수 없어서 그저 기둥처럼 가만히 서 있었다. 두려움에 몸은 뻣뻣이 굳었지만 그와 달리 내면에서는 불안과 상상과 온갖 반응이 뒤죽박죽 들끓고 있었다.

그때 개가 집에서 나와 내 곁에 와 있다는 것을 깨달았다. 녀석은 완전히 경직된 채 습지에서 나는 소리의 근원지를 향해 귀를 쫑긋 세우고 있었다. 마차가 점점 멀어짐에 따라 바퀴 소리가 잦아들더니 물이 튀고 진흙탕이 요동치고 조랑말이 공포에 질려 거꾸러지는 소리가 들렸다. 그랬다, 마차와 말이 늪에 빠져 서서히, 서서히 가라앉고 있었다. 한동안 물이 밀려들며 끔찍하게 꼬륵거렸다. 조랑말이 울부짖으며 빠져나오려고 애쓰는 소리, 아이의 울음소리가 점점 커지더니 공포에 질린 비명이 이어졌고 그러다가 서서히 약해지며 잦아들었다. 그리고 마침내 침묵만이 내려앉았다.

저 멀리서 물이 철썩이고 소용돌이치는 소리 외에는 아무것도 들리지 않았다. 입이 바짝 마르고 온몸이 부들부들 떨렸다. 무력하게 서서 또다시 반복된 끔찍한 소리를 듣는 동안 주먹을 어찌나 꽉 쥐었는지 손톱이 손바닥을 파고들어 쓰라렸다. 앞으로 이 소리는 영원히 수천 번은 머릿속에서 반복될 것 같았다.

조랑말과 마차와 비명을 지르는 아이가 실재하는 것이 아니라는 데는 일말의 의심도 없었다. 마차가 습지를 가로지르다 늪에 빠진 것은 내 앞의 100미터 너머 어둠 속에서 일어난 일이 아닌 것은 확실했다. 하지만 이제 나는 오래전 언젠가 그 끔찍한 일이 이곳 일 마시에서 실제로 일어났다는 점 역시 확신했다. 조랑말과 마차, 누군지는 몰라도 마부에 아이까지 늪에 빠져 몇 분 만에 익사했다. 이 끔찍한 사건이 유령처럼 반복되고 있다는 점은 제쳐두고라도 그런 가슴 아픈 사건을 생각만 해도 나는 견딜 수 없이 괴로웠다. 안개와 밤바람에다 빠르게 식어가는 땀 때문에 한기가 들어 온몸이 부들부들 떨렸다.

바로 그 순간 털을 곤두세우고 놀라 눈이 휘둥그레진 스파이더가 두어 걸음 뒤로 물러서더니 앞발을 반쯤 바닥에서 쳐들며 울부짖기 시작했다. 심장을 갈가리 찢는 듯한 길고도 고통스러운 울음이었다.

결국 나는 녀석을 들어올려 집 안으로 데려가야 했다. 아무리 불러도 녀석이 꿈쩍도 않았던 것이다. 나한테 안겨서도 녀석은 몸이 뻣뻣이 굳은 채 고통스러워했다. 현관 바닥에 내려놓자 내 발치에 바짝 붙었다.

이상하게도 두려워하는 녀석을 보자 내가 정신을 바짝 차려야겠다는 생각이 들었다. 겁에 질린 자식을 진정시키기 위해 어머니가 용감하게 상황에 맞서야 한다고 느끼는 것과 다소 비슷하리라. 스파이더는 개일 뿐이었지만 나는 녀석을 달래고 안심시켜야 한다는 의무감이 들었다. 그러는 사이 나 자신까지 차분해지며 힘이 솟았다. 그런데 한동안은 순하게 내 손길을 받아들이던 녀석이 빠져나가더니 다시 주위를 경계하고 으르렁거리며 계단으로 올라갔다. 나는 재빨리 쫓아가며 도중에 보이는 불이란 불은 모조리 켰다. 예상대로 녀석은 복도 끝의 잠긴 문 앞에 가 있었다. 나도 이미 그 소리를 들었다. 익숙한 쿵쿵 소리에 미칠 것 같았다. 여전히 그 정체를 모른다는 사실 때문에 나는 약이 올랐다.

복도 끝으로 달려가는 동안 심장이 미친 듯이 방망이질했다. 만일 지금까지 이 집에서 일어난 일 때문에 두려움에 떨었다고 한다면, 짧은 복도 끝에서 본 광경은 두려움에 새로운 정점을 찍었다. 한동안 나는 죽겠다고, 지금 바로 죽어가고 있다고 생각했다. 이런 충격을 받으면 미치지 않기란 말할 것도 없고 살아 있는 것 자체가 불가능할 듯했다.

소리가 나던 방의 문은 굳게 잠겨 부술 수도 없었고 열쇠구멍도 없었다. 그런데 지금 그 문이 열려 있었다. 그것도 활짝.

문 너머는 완벽한 암흑이었다. 입구 바로 앞 1, 2미터 안쪽에만 계단참의 어스레한 전등 빛이 비쳐들어 반짝이는 갈색 러그 같은 것이 보였다. 방 안에서는 두 가지 소리가 들렸다. 열린 문으로 더 크게 들리는 쿵쿵 소리. 그리고 개가 초조하게 돌아다니며 코를 킁킁대는 소리.

두려움과 전율과 끔찍한 당혹감에 휩싸인 채 얼마나 오래 그곳에 서 있었는지 모르겠다. 시간감각과 현실감을 완전히 잃고 말았다. 머릿속에서 어렴풋한 생각과 감정이 뒤죽박죽 엉켜 유령과 살아 있는 침입자, 살인과 폭력, 온갖 기이한 뒤틀린 공포가 환상처럼 떠올랐다. 그러는 내내 문은 활짝 열려 있었고, 흔들리는 소리도 계속되었다. 흔들리는 소리, 그렇다. 방에서 나는 소리가 무엇인지 마침내 깨달았다. 혹은 적어도 무슨 소리와 흡사한지 알아차렸다. 그것은 어릴 적 내 유모가 앉아 있던 흔들의자의 둥그런 받침대에서 나던 소리였다. 어린 내가 잠들 때까지 그녀는 매일 밤 내 곁에 앉아 쿵쿵 소리를 냈다. 내가 아파서 열이 나거나 끔찍한 악몽에서 깨어날 때면 유모나 어머니가 와서 침대에서 나를 들어올리고는 함께 흔들의자에 앉아 내가 진정되어 다시 잠들 때까지 꼭 안고 흔들어주었다. 지금 들리는 소리는 내가 또렷이 기억할 수 있는 시기 이전에 들은, 먼 기억 속의 소리였다. 편안과 안전, 평화와 안정을 의미하는 규칙적이고 리드미컬한 그 소리가 하루의 끝을 장식하며 나를 잠과 꿈으로 이끌었었다. 이는 세상에서 나와 가장 가깝고 내가 가장 사랑하는 두 사람 중 한 명이 옆에 있다는 것을 의미하는 소리였다. 그리하여 나는 어두운 복도에 서서 가만히 귀를 기울였다. 그 소리는 내게 여전히 같은 효과를 발휘했다. 최면에 걸린 양 졸음과 평온이 찾아들며, 그 소리로 인해 생겨났던 두려움과 긴장이 사르르 녹아내렸다. 나는 천천히 더 깊이 숨을 쉬며 팔다리에 스미는 온기를 느꼈다. 그 무엇도 나에게 해를 끼치거나 겁을 줄 수 없으며 나의 수호자이자 보호자가 바로 곁에 있는 듯했다. 어쩌면 정말로 그럴지도 몰랐다. 보이지 않는 영혼이 주위를 맴돌며 우리를 지켜준다는 어릴 적 배움과 믿음이 어쩌면 진짜일 수도 있겠다 싶었다. 아니면 흔들의자 소리로 인해 떠올린 추억이 너무나 긍정적이고 강한 영향력을 발휘해 불길함과 경계심과 불안과 악귀를 모조리 쫓아낸 것뿐일 수도 있었다.

어찌 되었든 나는 이제 그 방으로 들어가 상황을 직시할 용기가 생겼다는 것을 알았다. 그런 확신이 엷어져 두려움이 돌아오기 전에 나는 되도록 대담하고 확고하게 걸음을 내디뎠다. 그러면서 벽의 전등 스위치에 손을 얹고 눌렀지만 불이 들어오지 않았다. 손전등으로 천장을 비추어보니 소켓이 전구 없이 텅 비어 있었다. 하지만 손전등 빛이 꽤 밝아서 방 안을 둘러보는 데는 별 어려움이 없었다. 그리하여 나는 안으로 들어갔다. 스파이더는 한쪽 구석에서 나지막이 끙끙댈 뿐 다가오지 않았다. 나는 무척 조심하며 천천히 방 안을 둘러보았다.

내 기억 속의 소리가 들리던 그 방과 거의 같았다. 어린아이의 방이었다. 한구석에 침대가 있었는데, 어릴 적 내가 잠들던 나지막하고 좁은 나무 침대와 같은 종류였다. 그 옆에 흔들의자가 벽난로를 비스듬히 마주하고 있었다. 어릴 적 내가 보았던 흔들의자와 같거나 혹은 아주 비슷했다. 앉는 부분은 나지막하고 가로대를 댄 등받이는 높다란 짙은 색 나무의자로, 아마도 느릅나무로 짠 것인 듯했다. 둥글게 굽이진 널찍한 다리받침대는 닳아 있었다. 내가 더이상은 불가능할 정도로 강렬히 응시하는 동안, 살며시 흔들리던 흔들의자의 움직임이 차츰차츰 잦아들었다. 누군가 방금 의자에서 일어나기라도 한 듯했다.

하지만 방 안에는 아무도 없었다. 텅 비어 있었다. 누군가가 있었더라면 복도에서 나와 마주칠 수밖에 없으니, 지나갈 수 있도록 내가 옆으로 비켜줘야 했을 것이다.

나는 손전등 불빛을 벽에 휙 비춰보았다. 굴뚝과 벽난로. 걸쇠가 걸린데다 아이가 떨어지지 않도록 여느 아이 방처럼 나무판 두 개를 질러놓은 창문. 다른 문은 없었다.

의자의 흔들림이 잦아들어 거의 보이지도, 들리지도 않을 정도가 되었다. 그러다가 멈추자 완전한 정적이 내려앉았다.

가구와 설비를 잘 갖춘 방은 깔끔하게 정돈되어 있었다. 마치 방 주인이 하루 이틀 여행을 갔거나 그저 산책을 나간 듯했다. 일 마시 하우스의 다른 방들과는 달리 눅눅하거나 휑하거나 버려진 듯한 느낌이 전혀 없었다. 나는 거의 숨도 쉬지 않고 조심조심 방을 살폈다. 침대는 시트와 베개와 담요와 침대보로 정갈하게 덮여 있었다. 침대 옆에는 협탁이 있고 그 위에 자그마한 나무 말馬과 초가 반쯤 남은 촛대가 놓여 있었는데, 촛대 받침 그릇에 여전히 물이 담겨 있었다. 서랍장과 옷장에는 대여섯 살 남자아이가 입을 법한 속옷과 일상복과 외출복과 놀이복이 들어 있었다. 우리 부모님이 어릴 때 격식을 갖추고 찍은 사진에서—지금도 집에 그 사진이 있다—볼 수 있을 법한 고급스럽고 멋진 옷이었다. 육십 년도 전에 유행하던 스타일이었다.

장난감도 있었다. 굉장히 많은 장난감들이 하나하나 대단히 세심하고 깔끔하게 정돈되어 있었다. 납인형 병정이 연대별로 줄지어 있고, 커다란 판자 위의 농장은 페인트칠한 마구간과 울타리와 건초 더미와 곡물 가리를 갖추고 있었다. 모형 배의 돛대에 걸린 리넨 돛은 세월에 따라 누르스름해졌고, 윤이 나는 팽이 옆에는 가죽 채찍이 놓여 있었다. 주사위 게임판, 다이아몬드 게임판, 체커판, 체스판이 있고, 시골이나 서커스 풍경이나 〈롤리 경의 어린 시절〉*이 그려진 퍼즐이 있었다. 자그마한 나무장에는 가죽으로 만든 원숭이 한 마리, 털실로 짠 고양이 한 마리와 새끼고양이 네 마리가 자리했다. 복슬복슬한 곰 인형과 머리털 없는 도자기 머리에다 세일러복 차림인 인형도 있었다. 펜과 붓도 있었다. 갖가지 색깔의 잉크, 동요책과 그리스신화와 성경과 기도서와 더불어, 주사위 세트와 카드 두 벌, 장난감 트럼펫과 그림이 그려진 스위스제 오르골, 팔다리 관절이 구부러지는 양철 꼬마 검둥이 삼보**가 있었다.

나는 물건을 집어 쓸어보고, 냄새도 맡아보았다. 반백년 동안 이곳에 있었을 텐데도 오늘 오후까지 갖고 놀다 밤에 정리해둔 듯한 분위기였다. 나는 이제 두렵지 않았다. 당혹스러웠다. 내가

* 16~17세기 영국의 모험가이자 작가인 롤리 경의 어린 시절을 그린 19세기 영국 화가 밀레이의 그림.

** 동화 캐릭터.

나 같지 않은 기이한 느낌이었다. 마치 꿈속에서 움직이는 것 같았다. 하지만 적어도 그 순간 이 방에는 두렵거나 나를 해칠 만한 것이 없었다. 그저 문이 열려 있고, 침대가 깔끔하게 정리되어 있고, 묘한 슬픔과 상실과 그리움의 분위기가 느껴질 뿐이었다. 이로 인해 내 마음에도 슬픔과 적막감이 내려앉았다. 이를 어떻게 설명할 수 있을까? 모르겠다. 하지만 그때의 느낌은 지금도 기억난다.

어느새 개는 아이 침대 옆 러그 위에 얌전히 앉아 있었다. 모든 것을 살펴보았지만 그 무엇도 설명이 되지 않는데다 더는 이런 슬픈 분위기에 빠져 있고 싶지 않아서 결국 나는 마지막으로 천천히 방을 둘러보고는 밖으로 나와 문을 닫았다.

늦은 시간은 아니었지만 드래블로 부인의 서류를 읽을 기운은 더 남아 있지 않았다. 기진맥진했다. 쏟아져들어왔다가 우르르 빠져나간 감정들로 인해 나는 폭풍이 끝나고 고요해진 바닷가에 내동댕이쳐진 뭔가와 같은 상태가 되었다.

뜨거운 물에 브랜디를 타서 한잔 마신 뒤 집을 둘러보며 벽난로의 불길을 줄이고 문을 잠그고는 침대에 누워 월터 스콧 경의 소설을 읽기로 했다.

침실로 들어가기 직전에 복도를 지나 아이 방에 가보았다. 문은 내가 떠날 때 그대로 닫혀 있었다. 귀를 기울여보았지만 안에서는 아무 소리도 들리지 않았다. 나는 침묵이나 부재不在를 흩뜨리지 않은 채 집 정면에 면한 내가 있던 방으로 조용히 돌아갔다.

10
휘파람을 불어요, 그대에게 달려갈지니

밤새 바람이 거세졌다. 침대에 누워 책을 읽는데 서서히 강해지는 바람에 이따금씩 창문이 들썩거렸다. 그런데 한밤중에 느닷없이 잠에서 깨어나 보니 바람의 기세는 한층 대단해져 있었다. 습지를 가로지르며 으르렁대는 질풍이 강타할 때면 이 집은 마치 바다 위에 떠 있는 배 같았다. 창문마다 덜거덕거리고, 굴뚝을 타고 신음 소리가 퍼져가고, 틈새와 외딴 구석에서 휘파람이 울려댔다.

처음에 나는 불안했다. 그러다 가만히 누워 마음을 추스르며 일 마시 하우스가 이 탁 트인 지역에서 등대처럼 홀로 견고하게 견뎌냈을 긴 세월을 생각했다. 해마다 겨울이면 돌풍과 휘몰아치는 비와 진눈깨비와 물보라를 감내해왔을 터였다. 오늘 밤 집이 바람에 무너질 가능성은 지극히 낮았다. 그러다 다시 어릴 적 기억이 되살아나기 시작했다. 바로 이런 험궂은 날씨에 서식스주 고향 집 꼭대기층의 따뜻하고 안전하고 포근한 내 방 침대에 누워 있던 밤들이 향수와 함께 밀려들었다. 바람이 사자처럼 포효하며 아무리 창과 문을 두들겨대도 감히 내게 덤비지는 못했었다. 도로 침대에 누워 잠든 것도 깨어 있는 것도 아닌 기분 좋은 가수면 상태에 빠져들어 과거의 감정과 이미지들을 생생히 떠올리다보니 꼬마로 돌아간 듯했다.

포효하는 어둠 속 어딘가에서 비명이 들리는 바람에 평화가 깨지고 나는 현재로 내동댕이쳐졌다.

나는 촉각을 곤두세웠다. 아무것도 감지되지 않았다. 유령처럼 통곡해대는 바람과 낡아 비틀어진 창문이 덜컥대고 쿵쿵대는 소리뿐이었다. 그때 다시 비명이 울렸다. 절망과 고통이 가득 담긴 익숙한 소리, 습지 어딘가에서 도움을 청하는 아이의 비명이었다.

하지만 아이는 없었다. 확실했다. 어찌 아이가 그곳에 있을 수 있겠는가? 하지만 오래전 죽은 유령의 외침을 듣고도 태평히 누워 있는 건 또 어찌 가능하겠는가?

'편히 잠드시길 빕니다.' 나는 속으로 기도했다. 하지만 그 가엾은 영혼은 그러지 않았고, 그럴 수도 없었다.

몇 분 후 나는 자리에서 일어났다. 부엌으로 내려가 술을 한잔 마시고 벽난로를 지피고 그 옆에 앉아, 아무 도움도 줄 수 없는 구조 요청을 무시할 방법을 찾으려고 애썼다. 나만이 아니라 그 누구도 구해줄 수 없었다. 지금까지…… 얼마나 긴 세월을 저리 떠돈 것일까?

계단참으로 나가는데 스파이더가 곧장 쫓아나왔고, 그때 두 가지 일이 동시에 벌어졌다. 누군가가 계단참에서 나를 지나 복도로 들어간 것만 같았다. 또한 그 순간 세찬 바람이 집을 강타했고, 그 충격으로 전기가 나갔다. 침대 협탁에 놓아둔 손전등을 가져오지 않은 탓에 나는 칠흑 같은 어둠 속에 서서 일순 방향감각을 상실했다.

금방 나를 지나간, 지금 이 집에 함께 있는 이는 누구란 말인가? 나는 아무도 보지 못했고, 아무 느낌도 없었다. 아무 움직임도 없었고, 소매를 스치는 느낌도 없었으며, 공기가 동요하지도 않았고, 발소리도 듣지 못했다. 그런데도 방금 누군가 나를 스치듯 지나 복도로 갔다는 절대적인 확신이 들었다. 좁고 짧은 복도 끝에는 아이 방이 있었다. 문이 굳게 닫혀 있다가 설명할 수 없게도 열려 있던 방이었다.

사실 나는 정말 누군가가 있다고, 다른 사람이 이 집에 살고 있다고, 저 기이한 아이 방에 숨어 있다가 밤이면 바람을 쐬고 음식과 물을 가지러 나오는 거라고 추측했다. 혹시 그 검은 옷을 입은 여인이 아닐까? 드래블로 부인이 은둔 생활을 하는 나이든 자매나 하인을 숨겨주고 있었거나 정신이 이상한 친구를 아무도 모르게 보살펴주고 있었는데 그만 그녀를 두고 이승을 떠난 것일까? 내가 분명 인식했던 존재에 대한 합리적 설명을 찾기 위해 필사적으로 노력하는 동안, 앞뒤가 맞지 않는 갖가지 상상이 머릿속을 휘저었다. 그러다 문득 생각이 멈추었다. 일 마시 하우스에는 나와 새뮤얼 데일리의 개를 제외하곤 살아 있는 생명체는 없었다. 내 눈에 목격되고, 흔들의자에 앉고, 방금 내 곁을 지나가고, 잠긴 문을 열어놓은 사람이 누구든 혹은 무엇이든 '진짜' 사람은 아니었다. 절대. 하지만 뭐가 '진짜'란 말인가? 그 순간 나는 나 자신의 존재조차 의심스러웠다.

무엇보다 가장 먼저 내게 필요한 것은 불빛이었다. 나는 더듬더듬 침대로 돌아가 손을 뻗어 마침내 손전등을 찾아낸 뒤 한 걸음 물러나다 발치에 있던 개한테 발이 걸리면서 손전등을 놓쳤다. 빙그르르 날아간 손전등이 창문께에 탁 떨어지더니 유리 깨지는 소리가 희미하게 들렸다. 나는 욕설을 내뱉고는 무릎으로 기어가 다시 손전등을 찾아내서는 스위치를 눌렀다. 불이 들어오지 않았다. 고장난 것이다.

일순 나는 절망과 공포와 좌절과 긴장 때문에 어린아이처럼 울음을 터뜨릴 뻔했다. 하지만 우는 대신 주먹으로 바닥을 마구 내리치며 손이 욱신거릴 때까지 맹렬한 분노를 터뜨렸다.

내 팔을 살짝 긁는 스파이더 덕분에 나는 정신을 차렸다. 내가 팔을 뻗자 녀석이 손을 핥아주었다. 우리는 함께 바닥에 앉아 있었다. 나는 녀석의 따뜻한 몸을 꼭 안고는 함께 있음에 감사했고 동시에 스스로를 한없이 부끄러워하며 침착과 평정을 되찾았다. 밖에서 바람이 웅웅대고 으르렁대는 사이사이 아이의 끔찍한 비명이 질풍을 타고 거듭 울렸다.

다시 잠들긴 틀린 것 같았다. 확실했다. 그렇다고 폭풍의 사나운 소리에 휘감긴 채 칠흑 같은 암흑을 뚫고 아래층으로 갈 수도 없었다. 다른 존재가 있다는 자각 때문에 용기가 나지 않았다. 손전등은 고장났다. 초를 켜야 했다. 아무리 희미하고 미약하더라도 불빛이 있어야 했다. 가까이에 초가 있었다. 아까 아이 방의 작은 침대 옆 탁자에서 초를 보았다.

나는 짧은 복도를 지나 그 방으로 들어갈 용기를 한참 동안이나 끌어내지 못했다. 그 방은 이 집에서 일어나는 기이한 사건의 근원이자 핵심이 분명했다. 나는 완전히 패배했다. 두려움 외에는 아무것도 없어서 움직이기는커녕 논리적으로 생각할 수도 결단을 내릴 수도 없었다. 하지만 사람은 영원히 공포 상태에 머물러 있을 수 없다는 이치가 차츰 나에게도 작용했다. 점점 무시무시한 사건이 일어나며 공포가 커져갈 경우 사람은 압도된 나머지 달아나거나 미치기도 하지만, 서서히 불안이 가라앉으며 침착해지기도 하는 법이다.

바람이 계속 습지를 가르며 포효하고 집을 두들겨댔지만, 그래봐야 결국은 자연의 소리였다. 어떤 식으로든 나를 해칠 수 없는 소리이기 때문에 얼마든지 견딜 수 있었다. 암흑도 앞으로 몇 시간 동안 계속되겠지만 폭풍 소리와 마찬가지로 전혀 두려워할 이유가 없었다. 다른 일은 전혀 일어나지 않았잖은가. 다른 이의 존재가 있다는 인식은 점점 엷어져갔다. 아이의 희미한 울부짖음도 마침내 멈추었고, 복도 끝방에서도 흔들의자 소리나 다른 소리는 전혀 들리지 않았다. 나는 개를 끌어안고 바닥에 웅크린 채로 기도했다. 이 집 안을 떠돌며 나를 괴롭히는 것이 무엇이든 제발 사라지게 해달라고, 하다못해 그것을 맞닥뜨려 이겨낼 용기를 달라고.

나는 비틀비틀 일어났다. 어찌나 긴장했던지 팔다리가 욱신거리고 뻣뻣했지만, 마침내 움직일 용기를 낸 것이다. 내가 아는 한 적어도 지금 이 순간 내가 맞닥뜨려야 할 최악의 일은 아무것도 보이지 않는 컴컴한 복도를 지나 아이 방으로 들어가서 초를 찾는 것이라는 사실에 크게 안도했다.

나는 쌓여가는 두려움 속에서 아주 천천히, 하지만 순조롭게 나아갔다. 침대 옆에 이르러 초를 찾아내서는 촛대를 단단히 쥐고 벽과 가구를 손으로 더듬으며 문으로 향했다.

나는 말했다. 그날 밤 다른 기이하거나 끔찍한 일은 없었다고, 바람 소리와 완벽한 암흑 외에는 두려울 것이 전혀 없었다고. 어떤 면에서 이는 사실이다. 아이 방은 비어 있었고, 흔들의자는 미동도 없이 고요했다. 내가 보기에 모든 것이 예전 그대로였다. 무엇 때문에 방에 들어선 순간 그런 감정에 휩쓸렸는지 당시 나는 몰랐다. 두려움이나 공포가 아니라 압도적 슬픔과 비애와 상실감과 더불어, 한없는 절망과 뒤섞인 고통이 나를 채웠다. 부모님이 모두 살아 계시고, 형제가 하나 있고, 친구가 꽤 많고, 약혼녀 스텔라도 있었다. 나는 여전히 젊었다. 연세 지긋한 친척 아주머니와 아저씨와 조부모의 자연스러운 죽음 말고는 가까운 이를 잃고서 깊은 슬픔에 몸서리치며 진정으로 애통해해본 적이 없었다. 아직은. 하지만 그 감정은 나와 한 몸이나 다름없는 누군가가 죽어야만 느낄 수 있는 것임을 나는 그 순간 일 마시 하우스의 아이 방에서 깨닫고 있었다. 이 때문에 거의 무너질 뻔했지만 동시에 왜 이렇게 느닷없이 절망 가득한 비참함과 비통함에 사로잡혔는지 영문을 몰라 혼란스럽고 어리둥절했다. 그 방에 있는 동안 다른 사람이 되었거나, 아니면 적어도 다른 이의 감정을 경험하고 있는 듯했다.

이는 지난 며칠 동안 눈으로 보고 귀로 들은 현상들만큼이나 기이하고 충격적이었다.

방에서 나와 문을 닫고 다시 복도에 서자 마치 잠시 어깨에 걸치고 있던 옷을 도로 벗어던진 듯 감정들이 말끔히 사라졌다. 나는 나로 돌아와 나 자신의 감정을 느꼈다.

침실로 비틀비틀 걸어간 나는 파이프, 담배와 함께 코트 주머니에 넣어둔 성냥을 찾아 마침내 촛불을 켰다. 양철 촛대 손잡이를 쥔 손이 바르르 떨려 노란 불꽃이 파들대며 깜박이는 바람에 벽과 문과 바닥과 천장과 거울과 유리창에 마구잡이로 그림자가 일렁였다. 그럼에도 안심이 되고 편안했다. 마침내 촛불이 환하게 타오르고 내 마음도 한결 놓였다.

나는 손목시계를 보았다. 3시도 채 되지 않은 시간이었다. 초가 새벽까지 버텨야 할 텐데 싶었다. 이렇게 폭풍이 부는 연말이면 날이 늦게 밝을 터였다.

나는 코트를 덮어쓴 채 침대에 앉아 변변찮은 불빛에 의지해 월터 스콧 경의 소설을 읽었다. 엷은 회색빛이 방으로 스며들기 전에 촛불이 꺼졌는지 아닌지는 모른다. 어느새 잠이 들었던 것이다. 깨어났을 때는 눅눅하고 빛바랜 새벽이었다. 온몸이 쑤시고 기운이 없었다. 초는 완전히 타버려 촛농에 검은 얼룩만 남아 있고, 책은 바닥에 떨어져 있었다.

나를 깨운 것은 이번에도 소리였다. 스파이더가 문을 긁으며 낑낑대고 있었다. 녀석을 진작 밖으로 내보내주었어야 했다는 걸 깨닫고는 얼른 일어나 옷을 입고 아래로 내려가 현관문을 열었다. 하늘은 비구름으로 얼룩진 채 잔뜩 부풀어 있었다. 어디에도 색이라고는 없이 칙칙했고, 강어귀는 수위가 한껏 높아져 있었다. 하지만 바람은 잦아들었고, 대기는 한결 가볍고도 몹시 차가웠다.

처음에 개는 어서 오줌이 누고 싶었던지 덤불이 우거진 풀밭을 향해 자갈밭을 가로질렀다. 나는 하품을 하며 서 있다가 팔을 두드리고 발을 굴러 기운과 온기를 몸 안에 불어넣으려 애썼다. 코트를 입고 부츠를 신고서 들판을 씩씩하게 산책하며 머리를 맑게 해야겠다 싶었다. 그래서 집으로 돌아서는데, 그 순간 멀리 습지에서 누군가 휘파람을 부는 소리가 선명하게 들렸다. 개를 부르는 휘파람 소리가 분명했다.

스파이더가 우뚝 멈추더니 내가 상황을 이해하고 말릴 겨를도 없이 토끼를 쫓듯 달려나갔다. 몸을 낮추고서 안전한 풀밭에서 재빨리 벗어나 집 반대 방향인 축축한 습지를 가로질렀다. 한동안 나는 놀라고 당황해서 움직이지도 못하고 서서 그저 가만히 보고만 있었다. 스파이더의 자그마한 몸이 드넓은 습지에서 점점 작아졌다. 그곳에는 아무도 보이지 않았지만, 휘파람 소리는 바람의 장난이 아니라 진짜였다. 하지만 인간의 입술에서 나온 소리는 아니라고 기꺼이 맹세할 수 있다. 이윽고 개가 비틀대며 속도를 늦추더니 마침내 멈추었다. 녀석이 다리를 당겨대는 늪의 손아귀에서 벗어나 균형을 유지하려고 버둥대며 분투하고 있다는 것을 깨닫자 공포가 밀려왔다. 내 평생 최고 속도로 나는 달려갔다. 나의 안전 따위는 중요치 않았다. 이 적막한 곳에서 내게 위로와 활기를 주었던 용감하고 밝고 자그마한 생명체를 반드시 구해내야 했다.

처음에는 발아래의 땅이 진흙투성이이긴 해도 단단해 속도를 낼 수 있었다. 강어귀에서 불어온 바람이 내 얼굴을 매섭게 갈겼다. 눈이 아리고 눈물이 나서 시야를 확보하려고 눈가를 훔쳤다. 스파이더는 이제 겁에 질려 요란하게 짖고 있었지만 아직 완전히 가라앉은 것은 아니었다. 나는 녀석을 불러 안심시키려고 했다. 바로 그 순간 내 발아래에도 진창이 나타나 발이 푹푹 빠지고 비틀거리기 시작했다. 발을 딛는 순간 진창 속으로 쑥 빠져도로 빼내려면 젖 먹던 힘까지 다 짜내야 했다. 사방에서 탁한 물이 넘실거렸다. 한창 높아진 강어귀의 조수가 습지로 밀려들고 있었다. 나는 걷는다기보다는 힘겹게 어기적거려야 했다. 잔뜩 긴장한 채 헐떡이며 한 발 한 발 내디딘 끝에 거의 녀석에게 닿을 만한 거리에 이르렀다. 스파이더는 간신히 버티고 있었다.

다리와 몸뚱이의 반이 꾸륵대며 요동치는 습지에 가라앉아 있었다. 녀석은 뾰족한 머리를 높이 쳐들고서 몸부림치며 짖어댔다. 나는 녀석에게 다가가려고 두세 번 시도했지만 번번이 나도 늪에 빠질지 모른다는 두려움으로 자꾸 몸을 뒤로 뺐다. 녀석의 목줄에 걸 수 있는 고리가 달린 막대가 있으면 얼마나 좋을까 싶었다. 먹구름이 빠르게 흘러가는 하늘 아래 드넓은 습지 한가운데서 홀로 한없이 깊은 절망에 빠져들었다. 주위는 오로지 물뿐이었고, 사방 몇 킬로미터 이내에 단단한 것이라고는 저 끔찍한 집뿐이었다.

하지만 겁에 질려 당황하면 끝장이라는 생각이 들어 미친 듯이 머리를 굴렸다. 나는 조심조심 습지 위에 길게 엎드렸다. 그나마 단단한 좁은 땅에 하반신을 꼭 붙이고는 숨을 헐떡이며 상체와 팔을 조금씩조금씩 길게 뻗었다. 녀석이 완전히 가라앉으려는 아슬아슬한 순간 손을 와락 내밀어 녀석의 목덜미를 잡고 있는 힘을 다해 끌어당겼다. 나한테 있을 줄은 꿈도 못 꾸었던 힘이 공포와 절박함으로 인해 샘솟은 것이다. 우리는 우리 둘 다를 잡아끌려는 무시무시한 늪에서 살아남기 위해 분투했다. 축축한 털과 미끈대는 살이 손아귀에서 거의 빠져나갈 듯했다. 힘겨운 노력 끝에 마침내 녀석을 꽉 쥔 나는 승리감을 만끽했다. 그리고 그나마 단단한 땅을 향해 온몸을 끌다시피 하며 안간힘을 썼다. 갑자기 녀석의 몸이 쑥 딸려왔다. 줄다리기는 끝났고, 나는 스파이더를 꼭 붙잡은 채 뒤로 벌러덩 넘어졌다. 우리는 물과 진흙에 흠뻑 젖었다. 가슴이 다는 것 같고 폐가 거의 터질 듯한데다 팔이 관절에서 빠진 듯한 느낌이었다. 실제로도 거의 빠졌다.

우리는 탈진해서 헐떡이며 앉아 쉬었다. 나는 과연 일어날 수 있을지 자신이 없었다. 별안간 어지럼증이 일며 습지 한가운데서 길을 잃은 듯 기가 꺾였다. 가엾은 개는 이제 머리를 내게 비비며 숨막히는 듯한 소리를 내고 있었다. 우리 둘 다 겁에 질리고 크게 고통받고 있는 것이 분명했다. 내가 목덜미를 너무 세게 움켜쥔 바람에 녀석은 거의 질식사할 뻔했다. 하지만 녀석은 살아 있고, 나 역시 마찬가지였다. 서로의 몸에서 느껴지는 미약한 온기와 휴식 덕분에 우리는 차츰 기운을 차렸다. 나는 스파이더를 아기처럼 품에 안고 집을 향해 비틀비틀 습지를 가로질렀다. 그렇게 서너 미터쯤 갔을 때 나는 고개를 들었다. 위층 창문 하나에서—유일하게 판자가 가로질러 있는 것으로 보아 아이 방 창문이 분명했다—누군가 서 있는 것이 보였다. 여자였다. 그 여자였다. 그녀는 바로 우리를 내려다보고 있었다.

스파이더가 내 품에서 낑낑대며 이따금 구역질을 하듯 기침을 뱉었다. 우리 둘 다 심하게 부들부들 떨고 있었다. 어떻게 집 앞

풀밭까지 왔는지 나도 모르겠다. 하지만 그 순간 소리가 들렸다. 썰물이 시작되며 서서히 형체를 드러내는 방죽길 끝에서 나는 소리였다. 조랑말이 끄는 마차 소리였다.

11
편지 꾸러미

환한 빛이 보였다. 나는 가만히 응시했다. 아니 빛이 나를 꿰뚫어 눈을 지나 뇌로 파고들었다고 하는 편이 옳으리라. 나는 고개를 돌리려 애썼다. 머리가 무척 가벼워 아예 목 위에 아무것도 없는 듯했다. 아니 바람에 날리는 엉겅퀴 갓털처럼 머리가 둥실 떠올라 빙그르르 돌았다!

별안간 빛이 사라졌다. 눈을 뜨자 정상적인 세상의 평범한 것들이 다시 또렷이 보였다. 나는 모닝 룸 소파에 기대 누워 있었다. 새뮤얼 데일리 씨의 커다랗고 붉은 얼굴이 염려하듯 나를 내려다보고 있었다. 손에는 손전등을 들고 있었다. 나를 깨울 요량으로 무턱대고 손전등을 내 눈에 비춘 모양이었다.

나는 일어나 앉았다. 하지만 즉각 벽이 들썩이며 휘청이는 통에 도로 풀썩 누워야 했다. 이윽고 기억이 강렬한 물살처럼 밀려들며 되살아났다. 축축한 습지를 가로질러 개를 쫓아가던 일, 녀석을 구하려고 안간힘을 쓰던 일, 아이 방 창문에서 검은 옷을 입은 여인을 본 일, 그리고 그 이상 치솟지 못할 만큼 거대한 두려움에 자제력과 의식을 잃고 기절하게 만든 그 소리.

"하지만 마차…… 조랑말 마차가……"

"현관에 있소."

나는 가만히 응시했다.

"아, 가끔은 마차를 재미 삼아 몰고 다닌다오. 서두를 이유가 없을 때는 조랑말이 끄는 마차가 훨씬 유쾌하지. 그리고 저 방죽길 위에 자동차보다야 마차가 있는 편이 덜 위험해 보일 테고."

"아." 나는 지극히 단순한 사실을 깨달으며 안도감에 휩싸였다. 내가 들은 소리는 진짜 조랑말이 끄는 진짜 마차 소리였던 것이다.

"왜, 다른 것인 줄 알았소?" 그가 나를 예리하게 살펴보고 있었다.

"마차가……"

"마차가?"

"그게, 다른 마차 소리도 들었거든요."

"케퀵이겠지." 그가 차분히 대꾸했다.

"아뇨, 아뇨." 나는 아까보다 조심스레 몸을 일으켰다. 이번에는 벽이 휘청이지 않았다.

"너무 무리하지 마시오."

"괜찮습니다. 한결 나아졌어요. 그 소린……" 나는 이마를 훔쳤다. "물 한잔 마시면 좋겠군요."

"바로 옆에 있소."

돌아보니 옆에 물병과 유리잔이 놓여 있었다. 나는 허겁지겁 물을 들이켰다. 점차 개운해지며 마음도 안정되어갔다.

데일리 씨도 이를 알아차리고는 내 옆에서 물러나 맞은편 의자에 가 앉았다.

"영 마음에 걸리더군." 마침내 그가 말했다. "예감이 안 좋았소. 슬슬 불안해졌지."

"지금은 이른 아침이죠? 제가 정신이 없어서……"

"아주 이른 시간이지. 나는 밤새 못 잤소. 말했다시피, 영 꺼림칙해서."

"정말 기이하군요."

"그렇소? 나한테는 아니오. 전혀."

"그렇군요."

"내가 때맞춰 잘 온 것 같소."

"네, 맞아요. 진심으로 감사합니다. 저를…… 그러니까……

안으로 데리고 들어오셨군요. 전 전혀 기억이 없습니다."

"그쪽보다 더 무거운 사람도 한 팔로 옮길 수 있소. 뼈밖에 없더구먼 뭐."

"데일리 씨 얼굴을 보니 얼마나 반가운지 이루 말할 수가 없답니다."

"그럴 만도 하지."

"그럼요."

"저 습지에 빠져 죽은 사람이 한둘이 아니라오."

"네, 네. 저도 절실히 느꼈습니다. 꼭 아래서 발을 잡아끄는 것 같더군요. 개도……" 나는 화들짝 놀랐다. "스파이더는……"

"여기 있소. 녀석은 괜찮을 거요."

나는 그가 턱짓으로 가리킨 곳을 보았다. 개는 우리 사이의 러그 위에 엎드려 있었다. 자기 이름을 듣고는 꼬리를 흔들어 탁탁 바닥을 쳤지만 그외에는 꿈쩍도 하지 않았다. 진흙이 엉겨붙어 온몸이 얼룩덜룩했다. 다리는 아예 흙으로 잔뜩 더께가 져 있었다. 나만큼이나 지치고 기운 없어 보였다.

"자, 이제 기운도 웬만큼 차렸으니 필요한 걸 챙겨 떠납시다."

"떠나요?"

"그래요. 이 음울한 곳에서 어찌 지내는지 궁금해서 왔는데, 충분히 보았소. 이제 함께 우리 집으로 가서 몸조리를 하는 게

좋겠소."

나는 잠시 아무 대꾸도 하지 않았다. 가만히 누워 마음속으로 전날 밤과 오늘 아침의 일을 되새겼다. 사실상 여기 온 첫날의 일까지도 떠올렸다. 검은 옷을 입은 여인의 유령이 이 집을 떠돌고 있으며, 어쩌면 그 여인 외에도 더 있을지 몰랐다. 내가 습지에서 들은 것은 유령이 내는 소리였다. 끔찍하고 불가해하긴 하지만 다시 한번 대면하여 저 원한에 사무쳐 떠도는 영혼이 누구며, 왜, 왜 이런 소동을 벌이는지 알아내고 싶었다. 진실을 밝힐 수만 있다면 이를 영원히 끝낼 수 있을지도 모른다.

하지만 유령들이 자아내는 분위기는 더는 견딜 수 없었다. 숨이 막힐 듯한 증오와 악의, 그러면서도 끔찍한 비통함과 고뇌. 그런 감정들은 내 영혼까지 파고들어 나를 좌지우지하는 듯했다. 이것만큼은 더 견딜 수가 없었다. 나는 기꺼이 함께 돌아가 그의 집에서 잠시만 감사히 쉬겠다고 데일리 씨에게 말했다. 하지만 이 기이한 미스터리를 풀지 않은 채 떠나고 싶지는 않았다. 게다가 언젠가는 누군가가 드래블로 부인의 서류를 분류하고 정리하는 일을 마쳐야 했다.

나는 이런 생각을 말했다.

"킵스 씨, 여기서 찾아낸 게 뭐요? 숨겨진 보물지도?"

"아뇨. 엄청난 양의 허섭스레기와, 중요하진 않더라도 조금은 흥미로워 보이는 것들 몇 가지가 있었죠. 솔직히 말씀드려, 중요한 게 있을 것 같지도 않습니다. 하지만 언젠가는 이 일을 해야만 합니다. 우리 의무지요."

나는 일어나 방 안을 서성거렸다. 팔다리를 움직여보니 다소 기운이 느껴졌다.

"지금 심정으로는 모든 것을 내팽개치고 떠나고 싶다는 걸 굳이 부인하지 않겠습니다. 그저 개인적으로 궁금해서 읽고 싶은 종이 몇 장 찾은 게 다죠. 몇 가지 서류가 첨부된 오래된 편지 꾸러미인데, 지난밤 늦게 그 편지들을 읽고 있었어요. 그걸 가져가야겠습니다."

그리하여 데일리 씨가 일층을 돌며 블라인드를 내리고 벽난로가 완전히 꺼졌는지 점검하는 동안, 나는 어제 일하던 방으로 들어가 편지 뭉치를 챙기고는 몇 가지 되지 않는 내 짐을 찾으러 위층으로 갔다. 이제는 전혀 두렵지 않았다. 적어도 한동안은 일마시 하우스를 떠나 있을 것이고, 든든한 새뮤얼 데일리 씨와 함께 있어 크게 안심이 되었기 때문이다. 여기로 돌아올지 말지는 알 수 없었지만, 절대 혼자 오지는 않으리란 건 명백했다. 그리하여 지극히 차분한 마음으로 계단 끝에 이르러 내가 쓰던 작은 침실로 향했다. 전날 밤의 사건은 아득한 옛일인 것만 같았다. 그저 고약한 악몽 외에는 내게 아무 해도 끼치지 못할 터였다.

나는 재빨리 가방을 싸고는 창문을 닫고 커튼을 쳤다. 바닥에 산산조각난 손전등의 잔해가 흩어져 있었다. 나는 그것들을 발끝으로 쓸어 한구석으로 밀어놓았다. 고요하기 이를 데 없었다. 바람은 새벽녘부터 잠잠해져 있었다. 하지만 눈을 감으면 신음하고 울부짖으며 이 오래된 집을 들썩이고 두들겨대는 바람 소리가 생생히 들렸다. 분명 신경쇠약에 한몫하긴 했지만 덜컥대고 삐걱이는 소리, 폭풍, 암흑과 같은 부수적 사건은 유령이 벌인 일이나 그 분위기와 명백히 달랐다. 날씨가 바뀌고 바람이 잦아들고 햇살이 빛나고 일 마시 하우스는 고요해질 것이다. 그래도 역시 섬뜩할 것이다. 이 집을 떠도는 영혼이 누구고 어떤 끔찍한 감정에 사로잡혀 있든지 간에, 이 집에 가까이 오는 사람은 누구든 혼란과 고통을 겪는다는 점은 명백했다.

나는 짐을 다 꾸려 방을 나왔다. 계단으로 가면서 나도 모르게 반쯤 두려움에 떨며 복도 끝방을 힐끗 보지 않을 수 없었다.

문이 약간 열려 있었다. 나는 멈춰 섰다. 의식의 표면 바로 아래 숨어 있던 불안이 서서히 솟구치며 심장이 마구 방망이질해댔다. 일층에서 데일리 씨의 발소리와 그를 좇아다니는 개의 다닥다닥 하는 소리가 들렸다. 그들의 존재에 마음이 놓인 나는 용기를 끌어모아 반쯤 열린 문으로 조심스레 다가갔다. 문 앞에 이르자 망설여졌다. 이곳에 그 여인이 있었다. 내가 분명 보았다.

그녀가 누구든 이 방은 그녀가 찾고 있거나 주시하거나 슬퍼하는—정확히 무엇을 하는지 나로서는 알 수 없었다—대상이 있는 곳이었다. 이 모든 기괴한 일의 진원지였다.

아무 소리도 들리지 않았다. 흔들의자는 고요했다. 나는 아주 천천히 조금씩조금씩 문을 밀었다. 그리고 한두 발짝 걸어들어가 방 안을 둘러보았다.

엉망진창이었다. 마치 도둑이 떼거지로 들어와 미친 듯이 난장판을 친 듯했다. 침대가 깔끔하게 정돈되어 있던 전날과는 달리, 아무렇게나 끄집어낸 듯 옷이 바닥에 흩어져 있거나 마구잡이로 무더기져 있었다. 옷장과 작은 서랍장이 활짝 열린 채 옷이 반쯤 끌려나와 부상자의 내장처럼 대롱거렸다. 납인형 병정들은 볼링 핀처럼 쓰러져 있고, 낡은 동물 인형들은 선반 위에 흩어져 있고, 책은 표지가 찢긴 채 펼쳐져 있고, 그림 퍼즐과 게임판은 방 한가운데 뒤죽박죽 쌓여 있었다. 천 인형은 갈기갈기 찢겨 있고, 양철 삼보는 망치에 맞은 양 뭉개져 있었다. 침대 협탁과 작은 장롱은 뒤집혀 있었다. 방 가운데로 밀쳐진 흔들의자는 높다란 등받이를 똑바로 세운 채 알을 품는 거대한 새처럼 그 모든 난장판 위에 올라가 있었다.

나는 방을 가로질러 창가로 갔다. 침입자가 창문을 통해 들어왔으리라 짐작했던 것이다. 하지만 녹슨 창틀에는 걸쇠가 단단히 걸려 있고 가로질러놓은 나무판자는 견고했다. 아무도 들어오지 않았다.

진입로에서 기다리고 있던 데일리 씨의 마차에 나는 비틀비틀 올랐다. 내가 휘청이는 바람에 그가 내 팔을 잡고 기운을 차릴 때까지 부축해주어야 했다. 내 얼굴을 유심히 살핀 그는 파리한 안색을 보고 새로운 충격을 받은 것이 분명하다고 생각하는 듯했다. 하지만 그는 아무 말도 하지 않았다. 그저 내 무릎에 묵직한 담요를 덮어주고는 더 큰 온기와 위안을 나누도록 스파이더를 그 위에 올려주었다. 그러고는 혀를 차 조랑말을 반대 방향으로 몰았다.

자갈과 거친 풀밭을 지나 나인 라이브스 코즈웨이에 들어섰다. 썰물이 꾸준히 쓸려나가고 있고, 하늘은 진줏빛이 감도는 균일한 회색이고, 대기는 습하고 차가웠지만 폭풍이 지나간 뒤라 고요했다. 부옇게 안개 낀 칙칙한 습지가 사방으로 음울하게 뻗어 있었다. 그 너머의 평평한 들판은 색채도, 잎도, 기복도 없이 우중충하게 젖어 있었다. 조랑말은 소리없이 꾸준히 나아갔고, 데일리 씨는 형편없는 콧노래를 나직이 불렀다. 나는 가수면 상태에 빠진 사람처럼 멍하니 덜컹대는 마차나 축축한 공기 외에는 그다지 의식하지 못했다.

하지만 도로에 접어들어 습지와 강어귀를 뒤로하자 나는 어깨 너머를 한번 힐긋 돌아보았다. 철흑색의 음울한 일 마시 하우스가 바위산처럼 우뚝 솟아 있었다. 꼭 닫힌 창문에는 아무것도 비치지 않았다. 그 어떤 형태나 그림자도 보이지 않았다. 살아 있든 죽어 있든 영혼의 자취는 없었다. 우리가 떠나는 걸 지켜보는 이는 아무도 없었다. 바로 그 순간 조랑말의 발굽이 제멋대로 자란 산사나무 울타리와 도랑 사이의 좁은 아스팔트 길에서 활기차게 달가닥거리기 시작했다. 나는 고개를 돌리며 그 끔찍한 장소를 더는 볼 일이 없기를 간절히 빌었다.

내가 마차에 오른 후로 새뮤얼 데일리 씨는 나를 환자인 양 염려하며 조심조심 대해주었다. 집에 도착하자 내가 편히 쉴 수 있게 두 배로 애써주었다. 방은 미리 준비되어 있었다. 정원과 그 너머 탁 트인 들판이 내려다보이는 자그마한 발코니가 딸린, 크고 조용한 방이었다. 데일리 씨는 즉시 하인을 기퍼드 암스로 보내 내 나머지 짐을 가져오게 했다. 그리고 내가 가볍게 아침을 먹은 후에는 오전 내내 자라며 방에 나를 혼자 남겨두었다. 스파이더는 목욕을 시키고 빗질을 한 뒤 나에게 데려다주었다. "이미 친해졌을 테니"가 그 이유였다. 녀석은 내 의자 옆에 만족스레 엎드렸다. 보아하니 그날 새벽의 불쾌했던 경험을 전혀 개의치 않는 듯했다.

나는 쉬긴 했지만 잠을 잘 수는 없었다. 머릿속이 여전히 혼란과 열기에 들끓고, 신경이 날카롭게 곤두서 있었다. 평화와 평온을 누릴 수 있어 깊이 감사했지만, 무엇보다도 가장 고마운 것은 이 방이 고요할지언정 아래층과 별채에서 사람들이, 그것도 많은 사람들이 일상적인 하루를 보내고 있다는 사실이었다. 정상적인 세계가 여전히 예정대로 돌아가고 있다는 점은 내게 절실히 필요한 위안이었다.

나는 기이한 사건들을 더는 생각하지 않으려고 안간힘을 썼다. 그래도 벤틀리 씨에게는 다소 신중하게, 스텔라에게는 보다 상세하게 편지를 썼다. 하지만 어느 누구에게도 내가 겪은 고통을 모두 털어놓지는 않았다.

편지를 다 쓰고 밖으로 나가 커다란 잔디밭을 서너 바퀴 돌았다. 하지만 맹렬한 추위에 금방 다시 방으로 들어왔다. 새뮤얼 데일리는 어디에도 보이지 않았다. 정오가 되기 전 의자에 앉은 채로 한 시간 정도 깜빡깜빡 졸았다. 한두 번 화들짝 놀라 몸을 움찔하긴 했지만 조금 지나자 긴장이 풀리면서 예상보다 더 쉽게 기운을 차릴 수 있었다.

1시에 노크 소리가 들렸다. 하녀가 점심을 여기서 들지 아니면 아래층 식당에서 들지 물었다.

"데일리 부인에게 지금 바로 내려가겠다고 전해줘. 고마워."

나는 세수를 하고 옷매무새를 단정히 가다듬었다. 그리고 개를 불러 아래층으로 향했다.

데일리 부부는 친절과 배려 그 자체였다. 그들은 런던으로 가기 전에 하루 이틀 더 거기서 쉬라며 계속 나를 설득했지만 돌아가겠다는 내 결심은 단호했다. 일 마시 하우스에서 한 시간이라도 더 보내도록 나를 유혹할 수 있는 것은 이 세상에 아무것도 없었다. 나는 그 누구보다도 대담하고 완강하게 맞섰지만 패하고 말았다. 이를 인정하는 것이 전혀 꺼림칙하거나 부끄럽지 않았다. 물리적 위험 앞에서 비겁하게 달아났다면 비난받을 수도 있겠지만, 실체가 없고 불가해한 초자연적 현상이 자신의 안전과 건강만이 아니라 정신과 영혼까지 위협할 경우 물러서는 것은 나약함의 증거가 아니라 더없이 신중한 선택인 법이다.

그럼에도 화가 났다. 나 자신에게가 아니라, 일 마시 하우스를 떠도는 존재의 어처구니없고 무의미한 행동에 분이 치밀었다. 나 아닌 누구라도 해낼 수 없었겠지만 일을 못 하게 방해받은 데도 화가 났다. 제롬 씨와 케쿽과 호텔 주인과 새뮤얼 데일리 같은 사람들에게도 화가 났던 듯싶다. 그곳에 대한 그들의 생각이 옳은 것으로 증명되었기 때문이다. 당시 젊고 오만했던 나는 그만 의기소침해졌다. 한 수 톡톡히 배웠던 것이다.

그날 오후 훌륭한 오찬을 즐기고 나는 자유로이 시간을 보내도록 홀로 남겨졌다. 데일리 씨는 외딴 농장을 살펴보러 나가고 없었다. 나는 드래블로 부인의 집에서 가져온 서류를 꺼냈다. 편지 몇 장을 통해 끼워맞춘 이야기에 여전히 호기심이 동했던 것이다. 그래서 기분전환 삼아 마저 읽고 이야기를 완성해보기로 했다. 편지를 쓴 J, 그러니까 젊은 여자 제닛이 누군지 모른다는 점은 당연히 사연을 파악하는 데 커다란 걸림돌이 되었다. 그녀가 드래블로 부인이나 남편의 친척인지 아니면 그저 단순한 친구인지 알 수 없었다. 하지만 혈육이 아니고야 부인의 편지와 법률 서류에 의해 드러난 식으로 다른 여인에게 사생아를 입양 보낸다는 것은, 그것도 억지로 보낸다는 것은 어려울 듯했다.

J의 짧고 감성적인 편지들을 다시 읽는 동안 그녀가 가여워졌다. 아이를 향한 열정적 사랑, 자식과의 생이별, 처음에는 격렬히 저항했으나 결국 어쩔 수 없이 자포자기하고 내보인 분노는 내 마음을 슬픔과 연민으로 가득 채웠다. 육십여 년 전 유대감이 강한 공동체에서 사는 하층계급 여자였다면 차라리 한결 수월했을 터였다. 하지만 상류층 집안 출신인 J는 차갑게 거부당했고, 그녀의 감정은 철저히 무시되었다. 그래도 빅토리아시대 잉글

랜드의 하녀가 사생아를 가졌더라면, 내가 알기로는, 낙태를 종용당하거나 낳아서 버릴 수밖에 없었을 것이다. 적어도 제닛은 아들이 살아 있으며, 좋은 가정에 입양되었다는 사실을 알고 있었다.

나는 편지와 함께 묶여 있던 다른 서류를 펼쳤다. 사망증명서 세 장이었다. 첫번째는 너새니얼 드래블로라는 여섯 살짜리 남자아이의 사망증명서였다. 사인은 익사라고 적혀 있었다. 다음 서류는 같은 날짜의 비슷한 증명서로, 로즈 저드 역시 익사로 사망했다고 기록되어 있었다.

뱃속에서부터 섬뜩하고 차가운 메스꺼움이 가슴과 목구멍으로 치솟아올라 토하든 아니면 질식할 것 같았다. 하지만 그러지 않았다. 나는 그저 일어나 서류 두 장을 꼭 움켜쥔 채로 불안과 고통에 휩싸여 방 안을 서성였다.

얼마 후 힘을 쥐어짜내 마지막 서류도 펼쳐보았다. 역시 사망증명서였지만, 다른 두 사람에 비해 십이 년 후 죽음을 맞은 이의 것이었다.

제닛 엘리자 험프리는 서른여섯 살의 나이에 독신으로 사망했다. 사인은 그저 '심장마비'라고 되어 있었다.

나는 의자에 털썩 주저앉았다. 하지만 너무 불안해 가만있을 수가 없어 결국 스파이더를 불러서 다시 11월의 오후 햇볕을 쬐러 밖으로 나갔다. 해는 이미 황혼에 접어들고 있었다. 나는 데일리 씨의 집과 정원에서 점점 멀어져 마구간과 창고와 헛간을 지나 그루터기만 남은 밭을 가로질렀다. 몸을 움직이니 한결 마음이 편해졌다. 사방으로 시골 풍경만 이어졌다. 쟁기질로 갈색 이랑이 팬 들판 주위에 나지막이 산울타리가 있고, 군데군데 서 있는 느릅나무 두세 그루의 맨가지는 떼까마귀 둥지로 가득했다. 못생긴 검은 새들이 이따금 요란하게 퍼덕이며 무더기로 날아올라 납빛 하늘 아래서 빙글빙글 돌며 까악까악 울어댔다. 선득한 바람이 들판을 휩쓸며 후드득 빗방울을 몰고 왔다. 스파이더는 산책을 나와 신이 난 기색이었다.

나는 방금 전에 본 서류를 통해 알게 된 사연에 온 신경을 쏟은 채 걸음을 옮겼다. 이제야 이야기를 완성할 수 있었다. 검은 옷을 입은 여인의 정체뿐만 아니라 다른 여러 의문점에 대한 해답을, 혹은 해답에 근접한 상황을, 조금은 우연히 알게 된 것이다. 하지만 뭔가 더 알아내서 만족스럽다기보다는 당혹스럽고 불안하고, 또 두려웠다. 나는 안다. 아니, 모른다. 나는 여전히 혼란스러웠고 정말로 밝혀진 것은 그 무엇도 없었다. 어떻게 이런 일들이 가능한가? 건전한 교육을 통해 객관적이고 합리적인 지성을 갖춘 여느 건강한 젊은이들처럼 나는 유령의 존재를 믿지 않았다고 앞에서 이미 말했다. 하지만 나는 유령을 보았다. 수십 년 전 일어난 끔찍하고 비극적인 사건이 어째서인지 정상적인 현재와는 다른 차원의 세상에서 거듭 되풀이되고 있었다. 드래블로 부부의 여섯 살짜리 양자인 너새니얼과 그의 유모를 태운 조랑말 마차가 바다안개 탓에 그만 길을 잃고는 안전한 방죽길에서 벗어나 습지로 들어갔고, 늪에 빠진 이들을 진흙과 강어귀에서 밀려온 밀물이 집어삼키고 말았던 것이다. 아이와 유모는 익사했으며, 조랑말과 누군지 몰라도 마차를 몰았던 마부 역시 죽었을 터이다. 그리고 이제 바로 그 습지에서 그 사건이, 혹은 유령이나 그림자나 기억이 어째서인지 반복되고 있었다. 몇 번이나 반복되었는지는 짐작도 할 수 없었다. 하지만 보이지는 않고 소리만 들릴 뿐이었다.

내가 또 아는 것이라고는 소년의 생모인 제닛 험프리가 아들이 죽고 십이 년 후 소모성 질환으로 죽었으며, 둘 다 일 마시 하우스 뒤쪽의, 지금은 쓰지 않아 무너져가는 묘지에 묻혔다는 것이다. 아이의 방은 침대며 옷이며 장난감이며 모두 소년이 떠났을 때 그대로 보존되었고, 그의 어머니는 유령이 되어 그곳을 떠돈다. 더구나 그녀의 슬픔과 고통은 억눌린 증오와 복수심과 뒤섞여 강렬하게 주위에 스며들고 있었다.

내가 괴로운 것은 바로 이 때문이었다. 그러한 감정들이 가진 힘은 타인에게 해를 끼칠 수 있다고 나는 믿었다. 하지만 누구에게? 그 슬픈 사연과 관련된 사람들은 모두 죽지 않았는가. 분명 드래블로 부인이 마지막 생존자였으리라.

결국 나는 지쳐 돌아갔다. 그 어떤 해답도 찾아낼 수 없는데도—어쩌면 본디 불가해한 것이기 때문에—마음에서 떨쳐버릴 수가 없었다. 집으로 돌아가는 내내 고민했다. 그리고 조용한 방에 앉아서 어스름이 짙어가는 바깥을 내다보며 생각에 잠겼다.

저녁식사를 알리는 종이 울렸을 때 나는 불안이 어찌나 들끓던지 새뮤얼 데일리 씨에게 모두 털어놓고 그가 알고 있거나 들은 것이 있으면 뭐든 말해달라고 부탁하기로 마음을 굳혔다.

예전처럼 식사 후 우리 둘은 서재의 편안한 안락의자에 자리 잡았다. 우리 사이의 작은 탁자 위에는 술병과 잔이 놓여 있었다. 이번에도 근사한 만찬을 즐긴 덕분에 나는 기분이 꽤 좋았다.

나는 이야기를 끝냈다. 데일리 씨는 중간에 끼어드는 법 없이 얼굴을 돌린 채 앉아서 가만히 듣고만 있었다. 나는 놀랍도록 차분하게 설명했다. 일 마시 하우스에서 머문 짧은 시간 동안 벌어진 모든 일은 그날 아침 일찍 저택 밖에서 기절해 있던 나를 그가 발견한 것으로 끝이 났다. 나는 편지와 사망증명서를 통해 추론한 사실들도 말했다.

그는 한동안 말이 없었다. 시계가 재깍거렸다. 벽난로 불은 평온하고도 달콤하게 타오르고 있었다. 스파이더는 벽난로 앞 러그 위에 엎드려 있었다. 이야기를 하는 사이 나 자신이 정화된 느낌이었다. 머리가 묘하게 가벼워진 반면, 몸은 열이 있거나 놀란 사람처럼 기운 없이 축 늘어졌다. 하지만 이제부터는 좋아지기만 하리라는 생각이 들었다. 이 끔찍한 사건들로부터 꾸준히 멀어질 터이기 때문이다. 시간이 갈수록 확실하게.

마침내 그가 입을 열었다. "밤 기차에서 만난 후로 많은 일을 겪었군요."

"그때가 마치 백 년 전이었던 것만 같습니다. 완전히 다른 사람이 된 것 같아요."

"험한 바다에서 간신히 살아남았으니."

"폭풍은 이제 끝났고, 저는 이제 무탈할 겁니다."

그의 얼굴에 불안이 어렸다.

"말씀해주세요." 나는 용감하게 말했다. "또 무슨 해를 입을지 모른다고 생각하시는 겁니까? 거기에는 두 번 다시 돌아가지 않을 겁니다. 누가 뭐래도요."

"그래야지요."

"그럼, 아무 문제 없네요."

그는 대답하지 않고 상체를 기울여 자기 잔에 위스키를 약간 따랐다.

"그 집이 어떻게 될지 궁금하군요." 내가 말했다. "여기 주민들은 아무도 거기서 살려고 하지 않을 게 확실하고, 외부인이라 해도 오래 머물 리 없고요. 어떤 곳인지 이내 알게 될 테니까. 설령 아무 이야기도 미리 못 듣는다고 해도 말이에요. 게다가 가는 길도 대단히 불편하고요. 대체 누가 그런 데서 살고 싶어하겠습니까?"

새뮤얼 데일리는 고개를 저었다.

몇 분간 각자 생각에 잠겨 침묵 속에 앉아 있다가 내가 물었다. "그 가엾은 노부인이 여동생의 유령에 밤낮으로 시달렸던 걸까요? 그 끔찍한 소리를 평생 견뎌야 했던 걸까요?" 나는 앞서 데일리 씨에게 두 여인이 자매지간이라는 사실을 들어서 알고 있었다. "그렇다면 어떻게 미치지 않고 견뎠던 걸까요?"

"아마도 그건 아닐 거요."

"그렇겠죠."

그가 뭔가를 숨기고 있다는 느낌이 점점 더 커졌다. 일 마시 하우스와 드래블로 일가에 대한 어떤 정보나 설명을 내게 알려주지 않는 것 같았다. 알아야 할 것을 모두 알기 전까지는 마음 놓고 쉴 수 없을 터였다. 나는 숨기는 것을 말해달라고 그에게 강력히 요구하기로 했다.

"제가 아직 모르는 게 있습니까? 더 오래 그 집에서 머물렀다면 다른 무시무시한 일이 일어났을까요?"

"그건 나도 모르오."

"하지만 뭔가 할 말이 있잖습니까?"

그가 한숨을 쉬더니 내 시선을 피해 벽난로를 바라보며 거북한 듯 자세를 계속 바꾸었다. 그러다 다리를 쭉 뻗어 신발 끝으로 개의 배를 문질러주었다.

"여긴 그 집에서 한참 떨어져 있습니다. 그리고 저도 상당히 평정을 찾았고요. 꼭 알아야겠습니다. 이젠 해될 것도 없잖습니까?"

"당신이야 괜찮을 거요. 그래, 그럴 거야."

"아, 대체 뭘 감추고 계시는 거죠? 뭐가 두려워 알려주지 않는 겁니까?"

"아서, 당신은 내일이나 모레면 여기서 멀리 떠날 거요. 운이 좋으면 그 망할 곳에 대해 두 번 다시 듣거나 보거나 하지 않겠지. 하지만 우리는 여기서 살아야 하오. 감수하며 견디는 수밖에 없지."

"감수하다뇨, 뭘요? 소문이나 이야기 말입니까? 검은 옷을 입은 여인이 때때로 나타나나요? 뭘 감수해야 하는 거죠?"

"반드시 뒤따라 일어나는 일. 언젠가는 말이오. 크라이신 기퍼드는 오십 년 동안 그 일을 감내해왔소. 그 때문에 사람들이 변했지. 당신도 알겠지만 아무도 그 일에 대해 말하지 않게 됐소. 가장 심하게 당한 사람이 가장 굳게 입을 다물고 있지. 제롬과 케컥 말이오."

내 심장이 요동치기 시작했다. 손을 올려 목깃을 약간 느슨하게 풀고는 벽난로에서 의자를 뒤로 뺐다. 드디어 진실을 들을 순간이 왔다. 정말로 듣고 싶은 건지는 모르겠지만.

"제닛 험프리는 아들을 언니 앨리스 드래블로와 형부에게 입양 보냈소. 달리 선택의 여지가 없었기 때문이지. 처음에는 수백 킬로미터 떨어진 곳에서 지냈소. 아이는 드래블로 가문의 사람으로 자랐다오. 절대 생모를 알려주지 않을 생각이었지. 하지만 자식과 생이별한 고통이 줄기는커녕 점점 심해진 생모가 결국 크라이신으로 돌아왔지. 부모는 그녀를 반기지 않았고, 아이의 생부는 영영 외국으로 떠나고 없었소. 그녀는 읍내에 집을 빌렸다오. 돈이 없어서 삯바느질을 하고, 노부인을 보살펴주는 일을 했지. 처음에 앨리스 드래블로는 동생에게 아들을 전혀 못 만나게 할 것 같았소. 하지만 동생이 너무나 고통스러워하며 폭력적으로 위협하니 결국 양보했지. 아주 조금이지만 말이오. 생모는 아주 가끔 그 집을 방문할 수는 있었지만, 아들과 단둘이 만나거나 자신이 누구인지는 물론이고 혈육이라는 사실조차 밝힐 수 없었소. 아이가 자라 생모를 빼닮을 줄은 아무도 예견 못 했지. 둘이 갈수록 천륜에 이끌리리라는 것도 몰랐소. 아이는 점점 생모에게 강한 애정을 품게 되었다오. 이러니저러니 해도 엄마 아니겠소. 생모를 따르게 되면서 양모한테는 점점 차가워졌지. 내가 알기로는, 생모는 아이를 뺏어가려고 했소. 그런데 그러기도 전에 사고가 일어난 거요. 당신이 들은 것처럼. 아이와…… 유모와 조랑말과 마차와 마부 케퀵이……"

"케퀵이라고요?"

"그렇소. 당신이 아는 그 케퀵의 아버지. 그리고 아이의 작은 개도 있었소. 직접 겪어봤겠지만, 겉보기와는 달리 몹시 위험한 곳이오. 바다안개가 느닷없이 습지를 뒤덮는데다, 늪이 보이지 않게 도사리고 있으니."

"결국 모두 익사했군요."

"그리고 생모가 그 모든 것을 지켜보았고. 그들이 돌아오길 기다리며 이층 창가에서 내다보고 있었지."

나는 공포에 질려 숨이 막혔다.

"시신은 찾았고 마차는 그대로 뒀소. 진창에 너무 깊이 박혔거든. 그날 이후 제닛 험프리는 미쳐갔다오."

"안 그러면 이상한 거겠죠."

"그렇지. 슬픔 때문에 미치고, 분노와 복수심 때문에 미쳤지. 그날 아이한테 외출을 허락한 언니를 원망했소. 하지만 그건 누구의 잘못도 아니었다오. 안개가 워낙 예고 없이 몰려오니."

"예측이 아예 불가능하죠."

"상실감과 광기 때문인지 생모도 병에 걸려 쇠약해져갔소. 피골이 상접할 만큼 마르고 창백해져서 마치 걸어다니는 해골 같았소. 살아 있는 유령이랄까. 그녀가 길을 걸으면 사람들이 물러섰지. 아이들한테는 공포의 대상이었고. 그러다 결국 죽었소. 증오와 고통 속에서 숨을 거둔 거요. 그리고 곧바로 이상한 일들이 시작되었지. 그렇게 계속되었소."

"네? 계속되었다고요? 그후로 줄곧요?"

"아니. 이따금씩. 지난 몇 년간 드물어지긴 했지만, 그래도 여전히 목격되었소. 우연히 습지에 나갔다가 그 소리를 들은 사람도 있고."

"드래블로 부인도요?"

"누가 알겠소?"

"드래블로 부인이 돌아가셨으니 이제 더는 그런 일이 없겠죠."

하지만 데일리 씨의 이야기는 끝난 것이 아니었다. 오히려 이제 막 최고조에 이르고 있었다.

"그 여자가 목격될 때마다." 그가 나직한 목소리로 말했다. "묘지에서든 습지에서든 읍내 길에서든, 아주 잠깐이든, 그 누가 보았든 언제나 반드시 같은 결과가 나타났소."

"네?" 나는 나직이 물었다.

"아주 고통스럽고 끔찍하게 아이가 죽는다오."

"그러니까…… 사고가 일어난다는 겁니까?"

"대체로는. 하지만 그 여자가 나타나고 하루도 되지 않아 아이가 병에 걸려 죽은 적도 한두 번 있지."

"어느 아이든지 말입니까? 이 동네에 사는 아이가요?"

"그렇소. 제롬의 아이도 그렇게 죽었지."

드래블로 부인의 장례식 때 학교 울타리를 움켜쥐고 줄지어 서 있던 침통한 표정의 자그마한 얼굴들이 느닷없이 떠올랐다.

"하지만…… 그래도…… 아이가 죽는 일이야 늘 있잖습니까."

"그렇지."

"아이의 죽음을 그 여자의 출현과 연결할 근거가 있습니까?"

"믿기 힘들겠지. 설마 그럴까 싶을 거요."

"그게……"

"우리도 알고 있소."

잠시 후 나는 그의 단호한 얼굴을 바라보며 차분히 말했다.
"충분히 믿을 수 있습니다, 데일리 씨."

그리고 아주 오랫동안 우리 둘 다 말이 없었다.

일 마시 하우스에서 일어난 이상한 일 때문에 불안과 초조에 떨며 낮과 밤을 보낸 후 마지막 날 아침에 상당한 충격을 받았다는 사실은 익히 알고 있었다. 하지만 그 경험으로 내 육체와 정신이 얼마나 심각한 영향을 받았는지는 제대로 알지 못했다.

그날 밤 나는 잠자리에 들며, 데일리 씨의 집에서 보내는 마지막 밤이 되겠구나 생각했다. 이튿날 아침 첫차를 타고 런던으로 돌아갈 계획이었다. 데일리 씨에게 이런 결정을 알렸을 때 그도 말리지 않았다.

그날 밤 나는 잠을 설쳤다. 끔찍한 악몽 때문에 한 시간이 멀다 하고 온몸이 식은땀에 젖은 채로 깼다. 자지 않을 때도 팔다리를 잔뜩 긴장하고 누워서 촉각을 곤두세운 채 그 일을 하나하나 떠올렸다. 생과 사와 그 둘 사이의 경계에 대해 답 없는 질문을 스스로에게 던졌다. 나는 단순하고도 직접적인 기도를 열심히 올렸다.

대부분의 아이들처럼 나는 기독교 교회의 품에서 하느님이 존재한다고 교육받고 자랐다. 그런 가르침이 삶을 훌륭한 길로 이끄는 최고의 방법일 거라고 여전히 믿으면서도 나는 하느님이 너무나 머나먼 존재이며, 내 기도는 그저 의무감에 따른 형식적인 것일 뿐이라고 여겼었다. 하지만 이제는 아니었다. 나는 새롭게 깨어난 열정으로 맹렬히 기도했다. 선한 힘과 악한 힘이 서로 맞서 싸우고 있으며, 모든 사람이 그중 어느 한편에 서는 거라는 깨달음을 얻은 것이다.

밤은 한없이 길었다. 마침내 아침이 되었을 때 하늘은 다시 구름으로 뒤덮여 비가 내렸다. 눅눅하고 음울한 11월다웠다. 자리에서 일어나니 머리가 지끈거리고, 눈이 화끈거리며 따갑고, 다리가 묵직했다. 그래도 어찌어찌 옷을 입고 계단을 내려가 식당으로 갔다. 하지만 음식을 보고 있기도 힘이 들었다. 끔찍한 갈증 때문에 차만 연거푸 마셔댔다. 내가 계획을 이야기하는 동안 데일리 부부는 이따금씩 걱정스레 나를 힐긋거렸다. 나는 기차에 앉아 이 마을이 시야에서 사라지는 것을 봐야 비로소 몸이 다시 좋아질 거라고 생각했고, 그런 내 생각을 말하면서도 그들 부부에게 무척 감사하다는 뜻을 전하려고 애썼다. 그들은 내 생명뿐만 아니라 온전한 정신까지 구해준 은인이었다.

이윽고 나는 식탁에서 일어나 식당을 가로질렀지만 다가갈수록 문은 계속 뒤로 물러났다. 짙은 안개를 헤치고 나아가는 듯한 기분이었다. 그 탓에 숨을 쉴 수 없었고, 무엇인가가 나를 짓누르고 있어 그 무게를 떨쳐내야만 어디로든 갈 수 있을 듯했다.

새뮤얼 데일리가 쓰러지는 나를 붙잡는 것이 희미하게 느껴졌다. 이번이 처음이 아니었다. 물론 상황은 매우 달랐지만. 이번에 그는 나를 반쯤은 짊어지고, 반쯤은 끌다시피 해서 계단을 올라 내 침실로 향했다. 그리고 내가 옷을 벗는 걸 거들어주고는 나를 두고 나갔다. 정신이 혼미하고 머리가 깨질 것 같았다. 그리하여 그곳에서 종종 염려가 가득해 보이는 의사의 방문을 받으며 닷새를 지냈다. 최악의 고열과 정신착란이 찾아와 믿을 수 없을 만큼 기력이 쇠약해졌다. 그런 다음에야 겨우 일어나 앉을 수 있게 되어 처음에는 내 방에서, 나중에는 일층 안락의자에 앉아 지냈다. 데일리 부부는 친절과 배려 그 자체였다. 가장 힘든 것은 육체적 질병이나 통증이나 피로나 고열이 아니라, 내가 감당해야 했던 정신적 혼란이었다.

검은 옷을 입은 여인이 여기까지 쫓아와 내가 잠든 동안 침대 끝에 앉아 있다가 느닷없이 얼굴을 나한테 바짝 들이대는 듯했다. 그리하여 나는 공포에 떨며 깨어나 비명을 질러댔다. 습지에서 울부짖는 아이와 흔들의자와 물에 잠기며 울어대는 조랑말 소리가 머릿속에서 울려댔다. 어떻게 해도 벗어날 수가 없었다. 고열로 인한 망상이나 악몽에 시달리지 않을 때는 편지와 사망 증명서의 글자 하나하나가 떠올랐다. 마치 서류가 마음의 눈앞에 펼쳐져 있는 듯했다.

하지만 마침내 몸이 좋아지면서 두려움이 사그라지고 망상이 잦아들어 나는 다시 온전한 나를 되찾았다. 기진맥진하긴 했지만 괜찮았다. 그 여자가 나한테 할 수 있는 짓은 아무것도 없었다. 나는 견뎌냈고 살아남았다.

십이 일 후 나는 완전히 회복된 듯했다. 겨울 햇살이 화창한 날이었지만, 그해 들어 처음으로 서리가 내린 날이기도 했다. 나는 무릎에 담요를 덮고서 응접실의 열린 유리문 앞에 앉아 있었다. 헐벗은 덤불과 나무들이 서리를 뒤집어쓰고 단단히 굳은 채 은빛으로 반짝이며 하늘과 극명한 대조를 이루었다. 점심식사를 하고 난 후였다. 살짝 잠이 들었는지도 모르겠다. 아무튼 아무도 나를 방해하지 않았다. 스파이더는 내 발치에 만족스레 누워 있었다. 내가 앓아누웠을 때도 밤이고 낮이고 그랬던 것처럼. 나는 상상 이상으로 그 작은 개가 좋아졌고, 힘든 시간을 함께 겪었다는 점에서 유대감을 느꼈다.

울새가 난간 위 돌항아리에 앉아 구슬 같은 눈을 반짝이며 고개를 쳐들었다. 나는 새를 바라보며 행복을 느꼈다. 새가 한두 걸음 종종대더니 다시 멈추고는 귀 기울이며 노래를 불렀다. 여기 오기 전이었다면 이런 평범한 광경에 결코 주의를 기울이는 법 없이 분주히 이런저런 일을 하느라 정신이 없었으리라는 생각이 문득 들었다. 지금은 새의 존재에 감사하며 녀석이 창 앞에 머물기로 선택한 동안 어떻게 움직이는지 그저 바라보는 것만으로도 무척 즐거웠다. 이런 사소한 것에 이토록 기쁨을 느끼기는 처음이었다.

바깥에서 소리가 들렸다. 자동차 소리, 집 앞을 서성이는 사람들의 목소리. 하지만 새를 보는 데 온통 정신이 팔려 그 소리에는 거의 관심을 기울이지 않았다. 게다가 나와 아무 상관도 없는 사람들일 터였다.

복도에서 발소리가 나다가 응접실 문 앞에서 멈췄다. 그리고 머뭇거림 뒤에 문이 열렸다. 생각보다 시간이 많이 흘렀는지 누군가 내가 어떤지, 차를 마시고 싶은지 살피러 온 모양이었다.

"아서?"

나는 화들짝 놀라 뒤돌아보았다. 그러고는 경이와 기쁨에 휩싸여 의자에서 벌떡 일어났다. 믿을 수 없었다. 스텔라였다. 나의 사랑 스텔라가 방을 가로질러 내게 다가오고 있었다.

12

검은 옷을 입은 여인

다음 날 아침 나는 그곳을 떠났다. 우리는 새뮤얼 데일리 씨의 자동차를 타고 곧장 기차역으로 갔다. 기퍼드 암스의 숙박료는 심부름꾼을 통해 보내고 읍내에는 두 번 다시 가지 않았다. 의사의 충고를 따르는 것이 현명하리라 판단했다. 의사는 나의 여전히 예민한 마음이 평정심을 잃고 다시 흐트러질지 모르니 어디에도 가지 말고, 아무것도 해서는 안 된다고 몹시 걱정스럽다는 듯이 지시했다. 사실 나는 읍내에 다시 가고 싶지 않았다. 그랬다가 제롬 씨나 케퀵과 마주칠 위험을 감수하고 싶지 않았다. 무엇보다도 멀리서 흘긋이나마 습지를 보고 싶지 않았다. 이제 다 지나간 과거이며, 남의 일처럼 여겨졌다. 그 일을 마음속에서 깨끗이 지우라는 의사의 권고에 충실히 따르기로 했다. 스텔라와 함께이니 어렵지 않아 보였다.

그곳을 떠나며 유일하게 아쉬운 것은 새뮤얼 데일리 부부와 헤어져야 한다는 슬픈 사실이었다. 나는 악수를 하며 그가 다음에 런던에 오면 꼭 우리를 방문하겠다는 다짐을 받았다. 그는 일 년에 한 번, 많으면 두 번 런던에 온다고 했다. 게다가 스파이더가 새끼를 낳으면 잊지 않고 한 마리를 주겠다고 했다. 나는 녀석이 대단히 그리울 터였다.

반드시 해야 하는 마지막 질문이 있었다. 하지만 말을 꺼내기가 쉽지 않았다.

"꼭 알아야 할 것이 있습니다." 나는 별안간 말했다. 스텔라는 멀찍이서 데일리 부인과의 대화에 빠져 있었다. 그녀는 타고난 상냥함과 다정함으로 데일리 부인을 수줍음에서 빠져나오도록 이끌었던 것이다.

새뮤얼 데일리가 날카롭게 나를 응시했다.

"그날 밤 말씀하셨잖습니까?" 나는 평정심을 잃지 않도록 심호흡을 했다. "아이가…… 크라이신 기퍼드의 아이가 항상 죽게 됐다고요."

"그랬소."

나는 더는 말을 이을 수가 없었다. 하지만 표정으로 충분히 말하고 있었다. 진실을 듣는 것에 대한 두려움이 여실히 드러났을 것이다.

데일리 씨가 재빨리 말했다. "아무 일도 없었소. 아무 일도……"

나는 그가 '아직은'이라고 덧붙이리라고 확신했지만, 더는 말이 없었다. 그래서 내가 그 말을 했다. 하지만 그는 그저 말없이 고개를 저었다.

"아, 그런 일이 없기를 하느님께 빕니다. 여기서 고리가 끊어져 그녀가 힘을 잃고 떠났기를, 제가 그녀를 마지막으로 본 사람이기를 간절히 빕니다."

그는 안심시키듯 내 팔에 손을 얹었다. "그래요, 그래."

나는 다른 무엇보다도 간절히 빌었다. 내가 검은 옷을 입은 여인, 즉 제닛 험프리의 유령을 보고서 충분히 긴 시간이 흘렀기를, 그리고 그것이 정말 저주가 사라졌다는 증거가 되어주기를. 그녀는 증오와 복수심에 가득 찬 채 슬픔과 고통과 광기 속에서 죽어간 가엾은 여인이었다. 그녀의 쓰라린 심정은 충분히 이해할 수 있었다. 자신의 아이를 잃었다는 이유로 다른 여인의 자식을 앗아가버린 사악함은 이해할 수 있지만 용서할 수는 없는 짓이었다.

그 무엇으로도 그녀를 도울 수 없었다. 그저 그녀의 영혼을 위해 기도하는 수밖에. 그녀가 아이의 죽음에 대해 책임이 있다고 몰아붙였던 드래블로 부인은 이제 죽어서 무덤 속에 있다. 마침내 그 집도 텅 비었다. 그러니 무고한 자들을 괴롭히던 유령들 역시 영원히 사라졌으리라.

자동차가 진입로에 대기하고 있었다. 나는 데일리 부부와 악수를 나누고는 스텔라의 팔을 꽉 잡고 차에 올라 좌석에 등을 기댔다. 안도의 한숨을 쉬며—실제로는 흐느낌에 가까웠다—나는 크라이신 기퍼드에서 멀어져갔다.

내 이야기는 거의 막바지에 이르렀다. 마지막 하나만 남아 있다. 차마 쓸 수가 없다. 몇 날 며칠을 책상 앞에 앉아 텅 빈 종이만 바라보고 있다. 도무지 펜을 들 수가 없다. 몸이 부들부들 떨리고 눈물이 흐른다. 밖으로 나가 오래된 과수원을 거닐다 멍크스 피스 너머의 시골을 몇 킬로미터나 걸었지만 아무것도 눈에 들어오지 않았다. 짐승이나 새가 보이기는커녕 날씨가 어떤지도 느끼지 못했다. 그리하여 나는 몇 번이나 속옷까지 흠뻑 젖어 집으로 돌아가는 바람에 에즈메의 걱정을 샀다. 그녀를 괴롭히는 것은 또 있었다. 그녀는 나를 가만히 바라보며 의아해하면서도 무슨 일인지 묻지 않을 만큼 세심했다. 하지만 늦은 밤 함께 있을 때면 그녀의 얼굴에는 염려와 고통이 가득했고 불안해하는 것이 느껴졌다. 나는 도저히 사실을 털어놓을 수 없었다. 내가 어떤 일을 겪었는지, 왜 겪었는지 그녀는 전혀 몰랐다. 내가 먼저 숨을 거두고 그녀가 이 글을 보기 전까지는 모르게 하리라.

하지만 이제 마침내 나는 용기를 끌어모았다. 과거의 공포를 회상하노라니 진이 다 빠질 지경이지만 마지막 남은 힘을 짜내어 결말을 쓰겠다.

스텔라와 나는 런던으로 돌아간 지 육 주도 지나지 않아 결혼식을 올렸다. 원래 계획은 적어도 이듬해 봄까지 기다리는 것이었지만, 그곳에서의 경험으로 인해 나는 크게 달라졌다. 시간의 소중함을 절실히 느낀 나는 괜히 미루지 말고 현재의 기쁨과 행운과 기회를 꽉 움켜쥐어야 한다는 것을 확실히 알게 되었다. 왜 기다려야 한단 말인가? 돈과 집과 재산 같은 시시한 것들을 신경 쓰지 않는 이상 우리의 결혼을 막을 것이 뭐가 있는가. 아무것도 없었다. 그리하여 우리는 야단법석 떨지 않고 조용히 결혼했고, 내가 지내던 방에다 다른 방 하나를 더 빌려 신혼집을 차렸다. 하숙집 주인은 우리가 작은 집을 장만할 때까지 기꺼이 방을 빌려주겠다고 했다. 우리는 여느 젊은 신랑신부들처럼 행복했다. 서로 함께 있어 즐거웠다. 부자는 아니었지만 가난뱅이도 아니었다. 할 일이 있고, 미래가 유망했다. 시간이 흐르면서 벤틀리 씨는 내 책임을 좀더 늘려주었고, 그 결과 봉급도 올랐다. 일 마시 하우스와 드래블로 가문의 부동산과 서류에 대해 아무것도 듣고 싶지 않다는 나의 단호한 부탁을 벤틀리 씨는 들어주었다. 그 이름들은 내 앞에서 두 번 다시 거론되지 않았다.

결혼하고 일 년이 좀 지났을 때 스텔라가 아들을 낳아 조셉 아서 새뮤얼이라고 이름 지었다. 새뮤얼 데일리 씨가 아이의 대부가 되어주었다. 그는 그때 그곳과 우리를 이어주는 유일한 연결고리였다. 그렇긴 하지만 런던에서 이따금 만날 때도 과거 일은 한 번도 언급하지 않았다. 나는 실로 기쁨과 만족이 가득한 삶을 누리고 있었다. 그때 일은 거의 생각하지 않았으며, 악몽도 거의 꾸지 않았다.

아들이 태어나고 이듬해 여름 어느 일요일 오후, 내 마음은 한없이 평화롭고 행복했다. 어떤 일이 벌어질지 꿈에도 모르고 있었다.

우리는 런던에서 16킬로미터쯤 떨어진 큰 공원에 갔다. 귀족저택의 영지로 조성된 그 공원은 여름이면 주말마다 일반인에게 공개되었다. 공기중에 축제와 휴일의 분위기가 감돌고, 호수에서 사람들이 작은 배의 노를 젓고, 야외무대에서 악단이 흥겨운 음악을 연주하고, 가판대에서 얼음과 과일을 팔았다. 가족들이 햇볕을 쬐며 거닐고, 아이들이 풀밭 위에서 뒹굴었다. 스텔라와 나는 행복하게 산책을 했다. 양쪽에서 조셉의 손을 잡고 녀석이 아장아장 서너 걸음 떼는 모습을 바라보며 여느 부모들처럼 대견스러워했다.

그러다 스텔라가 당나귀나 조랑말 마차를 타볼 수 있는 상점을 발견했다. 아름드리 마로니에가 늘어선 길을 당나귀나 마차를 타고 돌면 아이가 무척 좋아하리라 싶었다. 그리하여 우리는 순한 회색 당나귀의 안장에 아들을 태우려고 했지만, 들어올리자마자 녀석은 비명을 지르며 몸을 빼고 내게 매달렸다. 그러고는 신나겠다는 듯 마차를 가리켰다. 마차가 2인승이라 스텔라가 조셉을 데리고 탔고, 나는 서서 아름다운 가로수 길을 경쾌하게 나아가는 마차를 가만히 바라보았다. 긴 세월을 버틴 위용 넘치는 마로니에의 가지는 찬란한 잎으로 무성했다.

마차는 굽잇길을 돌아가 한동안 보이지 않았다. 나는 주위 풍경과 오후를 즐기는 사람들을 한가로이 바라보았다. 그 순간, 느닷없이 그녀가 보였다. 그녀는 그 누구와도 거리를 두고서 나무에 바짝 붙어 서 있었다.

나는 그 여자를 똑바로 응시했고, 그 여자도 나를 똑바로 응시했다. 절대 착각이 아니었다. 내 눈이 장난치고 있는 것도 아니었다. 바로 그 여인이었다. 쇠약한 얼굴에 검은 옷을 입은 여인, 제닛 험프리의 유령. 처음에 나는 그저 믿기지 않아 경악하며 바라보다 다음 순간 섬뜩한 두려움에 휘감겼다. 온몸이 굳었다. 내가 발을 딛고 서 있던 땅에 뿌리박힌 듯했다. 온 세상이 시커메지고, 아이들의 행복한 고함 소리가 점점 사그라졌다. 나는 그녀에게서 시선을 뗄 수 없었다. 그녀의 얼굴은 무표정했지만, 다시금 그녀에게서 뿜어져나오는 힘을 새삼 절감했다. 원한, 증오, 강렬한 비통함이 나를 꿰뚫는 듯했다.

동시에 천만다행히도 조랑말 마차가 풀밭에 드리우는 햇살을 뚫고 길을 따라 돌아오고 있었다. 사랑하는 스텔라는 아기를 꼭 안고 마차에 앉아 있었다. 녀석은 기쁨에 겨워 작은 팔을 저으며 고함을 치고 들썩거렸다. 그들은 이내 도착해 내게로 올 터였다. 나는 그들을 데리고 바로 떠나려고 했다. 여기에 일 초라도 더 머물고 싶지 않았다. 나는 떠날 준비를 했다. 마차가 거의 멈춰 설 무렵, 검은 옷을 입은 여인이 여전히 서 있는 나무 옆을 지나쳤다. 그 순간 여인이 치맛자락을 바스락거리며 순식간에 움직였다. 마차를 막아서려는 듯했다. 조랑말이 거칠게 방향을 틀더니, 눈이 느닷없는 공포로 가득한 채 앞다리를 낮게 들었다. 그러고는 나무 사이를 마구잡이로 달리며 울어댔다. 삽시간에 끔찍한 소동이 벌어졌다. 몇 사람이 마차를 쫓아갔고, 여자와 아이들이 비명을 질러댔다. 나는 미친 듯이 달려갔다. 쿵 하고 끔찍한 소리가 들렸다. 조랑말과 마차가 거대한 나무둥치에 부딪친 것이다. 그리고 침묵, 아주 짧은 순간이었지만 수년간 계속되는 듯한 몸서리쳐지는 침묵이었다. 나는 침묵이 내려앉은 곳으로 달려가며 어깨 너머를 흘긋 보았다. 여인은 사라지고 없었다.

사람들이 스텔라를 마차에서 살며시 들어올렸다. 목과 다리가 부러지긴 했지만 의식은 있었다. 조랑말은 기절했다가 정신을 차렸지만 마차가 뒤집히면서 마구가 뒤엉켜 꼼짝도 할 수 없었다. 녀석은 땅바닥에 드러누워 겁에 질려 울어댔다.

우리의 어린 아들은 멀리, 멀리 날아가 다른 나무에 부딪혔다. 그리고 그 아래 풀밭에 몸이 뒤틀린 채 죽어 있었다.

이번에는 의식을 잃는 자비 따위는 누리지 못했다. 나는 그 모든 순간순간을 감당해야 했고, 그후로도 열 달 동안 매일매일 지켜보아야 했다. 스텔라마저 극심한 부상으로 죽어가는 모습을.

나는 제닛 험프리의 유령을 보았고, 그녀는 복수를 했다.

그들이 내게 이야기를 청했다. 나는 이야기를 해주었다. 이것이면 충분하다.

지은이 **수전 힐**

소설가, 라디오 극작가, 평론가, 에세이스트. 1942년 영국 스카버러에서 태어났고 킹스 칼리지 런던에서 영문학을 공부했다. 『인클로저』로 데뷔해 『내가 그 성의 왕일지니』 『앨버트로스』 『밤의 새』 『그림 속의 남자』 등을 썼고, 서머싯 몸 상, 휘트브레드 상을 수상했다. 『우먼 인 블랙』은 연극으로 만들어져 장기 공연 기록을 이어가고 있으며 2012년 동명의 영화로도 만들어졌다.

옮긴이 **김시현**

전문번역가. 코맥 매카시의 『모두 다 예쁜 말들』 『국경을 넘어』 『평원의 도시들』 『핏빛 자오선』을 비롯해, 『리시 이야기』 『이중구속』 『심문』 『치명적 실수』 『그레인지 코플랜드의 세번째 인생』 『약탈자들』 『비밀의 계곡』 등을 우리말로 옮겼다.

문학동네 세계문학

우먼 인 블랙

1판 1쇄 2012년 2월 20일 | 1판 4쇄 2014년 8월 28일

지은이 수전 힐 | 옮긴이 김시현 | 펴낸이 강병선

기획 한문숙 | 책임편집 박아름 | 편집 염현숙 황문정 김선희

디자인 윤종윤 강혜림 | 저작권 한문숙 박혜연 김지영

마케팅 정민호 이미진 김은지 양서연 | 온라인마케팅 김희숙 김상만 한수진 이천희

제작 강신은 김동욱 임현식 | 제작처 (주)상지사P&B

펴낸곳 (주)문학동네

출판등록 1993년 10월 22일 제406-2003-000045호

주소 413-120 경기도 파주시 회동길 210

전자우편 editor@munhak.com | 대표전화 031) 955-8888 | 팩스 031) 955-8855

문의전화 031) 955-1927(마케팅) 031) 955-2654(편집)

문학동네카페 http://cafe.naver.com/mhdn

ISBN 978-89-546-1756-7 03840

www.munhak.com